¡NOSOTROS!

Andrea Jeftanovic
Cenário de guerra

TRADUÇÃO
Luis Reyes Gil

*mundaréu

© Editora Mundaréu, 2021
© Andrea Jeftanovic, 2012

TÍTULO ORIGINAL
Escenario de guerra

COORDENACAO EDITORIAL E TEXTOS COMPLEMENTARES
Silvia Naschenveng

CONCEPÇÃO DA COLEÇÃO
Tiago Tranjan

CAPA
Estúdio Pavio

DIAGRAMAÇÃO
Luís Otávio Ferreira

PREPARAÇÃO
Tatiane Ivo | AB Aeterno

REVISÃO
Fábio Fujita e Camila Araújo

Edição conforme o Acordo Ortográfico da Língua Portuguesa (1990).

Dados Internacionais de Catalogação na Publicação (CIP)
Angelica Ilacqua CRB-8/7057

Jeftanovic, Andrea
  Cenário de guerra / Andrea Jeftanovic ; tradução de Luis Reyes Gil.
  -- São Paulo : Mundaréu, 2021.
  192 p.
  ISBN 978-65-87955-08-7
  Título original: Escenario de guerra

  1. Ficção chilena I. Título II. Gil, Luis Reyes
  21-4856   CDD C863

Índice para catálogo sistemático:
1. Ficção chinela

2021
Todos os direitos desta edição reservados à
EDITORA MUNDARÉU LTDA.
São Paulo – SP
www.editoramundareu.com.br
vendas@editoramundareu.com.br

Sumário

7   APRESENTAÇÃO

Cenário de guerra

    PRIMEIRO ATO
- 15   Récita solitária
- 19   Tenho a mesma idade de papai
- 23   A memória dos sentidos
- 27   Família de outro continente
- 31   Aprendi a escrever imitando os desenhos de outras crianças
- 35   Papéis cruzados
- 39   Papai e o meu sangue
- 43   Mamãe fica em pé toda vez que ouve uma má notícia
- 47   Equações que dão outros resultados
- 51   A casa da avenida das palmeiras
- 53   Mamãe e seus gritos
- 57   Datas tortas
- 61   Mamãe sorri de outro jeito
- 65   Minha vida em uma sacola de supermercado
- 67   Viagem com camisa de força
- 69   Não entro na memória de mamãe

    SEGUNDO ATO
- 73   Em turnê permanente
- 77   Sessão entre quatro paredes
- 81   Mar adentro
- 85   Migrações em círculos
- 89   Desordem de sapatos

93	Campos minados
97	Mamãe me leva a passear
101	Homens fragmentados no meio da multidão
107	Um buraco no peito
111	Cartas cruzadas
115	Mortes em viagem
119	Vejo apenas seus pés
123	Conversa sobre inícios e fins
125	Pesadelos que chegam ao despertar
129	Naufrágio familiar
133	Diálogo sobre o palco
135	Três crianças velhas

TERCEIRO ATO

141	Ensaio geral
145	A marcha dos sobreviventes
149	Papai volta a ter nove anos
153	Agenda telefônica
157	Ontem terminou a guerra
159	O silêncio das desgraças
163	Minhas palavras são um grito na folha
165	Viagem ao outro continente
169	Encontro com meu outro papai
175	Sulcando a noite
177	Epílogo de viagem
181	Dá ocupado
183	Carta atrasada
185	Atrás das bambolinas
187	A encenação

Apresentação

Uma das graças de editar autores, e não títulos pontuais, é poder perceber a marca que um autor imprime a suas obras, constatar sua versatilidade em diversos gêneros, seus temas e questões recorrentes e as diferentes abordagens escolhidas para cada trabalho. No caso de Andrea Jeftanovic, depois de editar os contos de *Não aceite caramelos de estranhos*, voltamos alguns anos em sua carreira literária para trazer seu primeiro livro de ficção, o romance memorialista *Cenário de guerra*.

Como não raro acontece com estreias literárias, temos a sensação de um dique que se rompe, de um acúmulo que precisa ser extravasado, como se todos os anseios, afetos, dúvidas, carências e vivências experimentados até ali clamassem por abordagem e reflexão. Isso pode ser percebido na definição da narrativa a partir da infância, na urgência da escrita e na intensidade de várias passagens. Já conhecendo obras posteriores da autora, podemos constatar como diversos elementos seriam posteriormente revisitados e retrabalhados.

A infância de Tamara, narradora deste *Cenário de guerra*, não é para principiantes, o que se mostra na angústia e na confusão constantes da personagem. Filha de um casal em crise e, mais especificamente, de um pai com profundos traumas de guerra, com meios-irmãos que perderam o pai de forma abrupta e precoce, em uma família assolada por dificuldades financeiras e sempre em movimento. Além disso, é uma família que veio "de muito longe", com histórico, crenças e rotinas diferentes da maioria — isso em um Chile que vivia o auge da sangrenta ditadura Pinochet, que, como todo regime autoritário, enaltece e cobra a uniformidade, o alinhamento de opiniões e condutas (ao menos as exteriores), sempre disposto a massacrar eventuais desvios. Enfim, uma família desajustada por qualquer lado que a olhemos, com pais que mal conseguem lidar consigo mesmos — que dirá amparar suas crianças.

Por tudo isso, a infância retratada no livro é plena de incompreensão, escassez e impotência. A inocência e a fantasia típicas de qualquer infância se manifestam de forma pouco convencional, como reações a um ambiente caótico e cheio de traumas, ao qual a criança deve se adaptar da forma que puder, mesmo sem os recursos e a maturidade necessários. Apesar de tudo, a vida segue, há que se crescer e cometer os próprios erros ou, na verdade, reproduzir suas carências e limitações em novos cenários, com outros atores e novas expectativas.

Enfim, reencontramos, aprofundada, a escrita intimista de Andrea, uma escrita que é sempre impressionista, intuitiva e, sobretudo, delicada. Delicada, atenta aos anseios e às dores de seus personagens, e talvez, justamente em respeito a essas personagens, também lírica, mesmo nas situações mais lúgubres.

*mundaréu

São Paulo, outubro de 2021

Cenário de guerra
Escenario de guerra

Não quero ficar presa, girando em falso. Estremeço e tremo como a folha da sebe, agora, sentada na beirada da cama, com os pés balançando e um novo dia se abrindo à minha frente. Tenho cinquenta anos, tenho sessenta anos para gastar. Ainda não fiz uso da minha provisão. Isso é apenas o começo.

Virginia Woolf

Sabe por que se assusta com as visitas que caminham sobre seus tapetes: debaixo deles há milhares de cartas ainda sem abrir.

Elias Canetti

Primeiro Ato

Récita solitária

Sento na última fila. Daqui, os demais assentos vazios se estendem como fileiras de túmulos. Abrem-se as cortinas, estou na sombria sala de jantar da minha casa. Há alguns elementos: umas estátuas de pedra e o tapete de um lobo achatado. Num canto, uma mesa com cinco cadeiras, a da cabeceira manca. Rosáceas desbotadas estampam o papel de parede. Começa o espetáculo da minha infância. Sucessivas mudanças de casa, não conseguíamos ancorar em nenhum ponto fixo. O caminhão de mudança estacionado junto à calçada, os colchões escorregando do teto e meu triciclo sempre no topo da pirâmide.

Estou afundada na poltrona felpuda. Faço desenhos no seu tecido tornassol. Escrevo uma frase secreta no encosto. Me arrependo e apago a contrapelo o hieróglifo. Ouço mamãe me chamando da rua. Meus passos repicam nos tacos do assoalho; o cenário se transforma num corredor infinito. Atravesso o luminoso umbral. Como num ritual de despedida, dou a última volta pelo jardim. Da limpeza feita pela metade restam uns panos úmidos amontoados sobre as lajotas do pátio. Pego um pano e limpo a janela da casa que estamos entregando. Esqueceram minha boneca Patricia ao pé da escada. Fico observando-a até que o braço de minha mãe me arrasta para o carro com o motor ligado. Choro com o rosto encostado no vidro frio da janela de trás sem que ninguém perceba.

Vejo sobreporem-se as janelas das casas em que morei: um janelão panorâmico que dava para a rua deserta, uma claraboia subterrânea, uma esquadria de madeira abaulada pela umidade do mar, umas barras de ferro oxidado alinhadas numa avenida com palmeiras, uma vidraça que passou um ano trincada. A casa, com os meus pais, sem minha mãe, com meus irmãos, com uns homens que não conheço. Primeiro, meu quarto no andar de cima com Adela e Davor. Depois, um apartamento apertado, só com papai. Minha cama estreita ou minha cama larga, que é a mesma da mamãe. Nossas coisas dentro de sacolas, em caixas de papelão, em malas velhas amarradas com cintos. Na minha malinha, trago a foto de uma vizinha que foi minha melhor amiga. Conservo uma garrafa de vidro na qual vou misturando terra de todos os jardins onde brinquei.

Odeio a casa da avenida com palmeiras. Foi ali que tudo começou... Estão reformando o imóvel. Vão pintar as paredes, a casa está forrada de folhas de jornal. As portas, descascadas, tudo empoeirado. Ando pelos quartos e o jornal se rasga, crepita. Encontro Lorenzo. É o nome do pedreiro que ronda pela casa vestindo um macacão de brim. Tem olhos negros, braços peludos, ombros retos. Enquanto desliza o pincel, assobia uma canção de rádio. Pede licença toda vez que entra em algum quarto. Pinta a cozinha, *licença*, pinta a sala de estar, *licença*, agora o meu quarto, *licença*. Almoça um sanduíche na cozinha. Faz uma sesta no pátio com o torso nu. De tarde, dá uma segunda mão nas paredes que pintou pela manhã. Inspiro e a casa tem um cheiro de solvente que embriaga. O pedreiro acende um cigarro para minha mãe, depois se trancam na sala de jantar um tempão. Penso nas sobrancelhas dele que emolduram um olhar escuro. Não tenho relógio, mas sei que é tempo demais. Através da porta, ouço o crepitar das folhas de jornal. A fechadura da porta me encara com seu olho míope. Apoiada na janela, consigo contar vinte e sete carros passando pela rua.

Um tempo depois, tiro o fone de ouvido, ouço alguém dizendo para mamãe *te amo* e rindo em seguida. É o pedreiro. Reconheço-o pela voz rouca. Papai está escovando os dentes. Grito, chuto as paredes, arranco os botões do pijama. Papai sai correndo do banheiro, ainda babando pasta de dente. Pergunta o que foi. Mamãe levanta uma sobrancelha e diz *é outro daqueles chiliques dela*. Meu coração é um tambor, suas batidas aumentam de volume. Tacatacatá. Fui tomada por um soluço que ressoa debaixo do meu peito. A percussão acelera. Ela me dá um copo d'água com açúcar, apaga a luz do quarto, fecha a porta. Agora meu choro ressoa contra o travesseiro. Resplandecem na minha cabeça as faíscas daquele cigarro compartilhado. Sou observada de novo pelo ciclope da fechadura da sala, que oferece uma sinopse no olho mágico caolho. Os faróis dos carros que passam pela rua iluminam um canto do meu quarto. Suas formas se desenham na parede. Uma caminhonete acaba de deixar sua cabine desenhada na parede em frente à minha cama.

Ouve-se então um ruído atrás das bambolinas. O diretor da peça anuncia que isso foi apenas um trecho, uma cena. Uma récita solitária. A cortina sobe, começa o primeiro ato.

Tenho a mesma idade de papai

Tenho a mesma idade de papai. Ele parou nos nove anos, quando começou a guerra. Eu também não quero crescer mais, desejo acompanhá-lo em sua tristeza de nove anos. Papai dorme com a luz acesa, como eu. Diz que, se dormir no escuro, as árvores negras podem entrar. Papai teme a sirene do meio-dia. Nessa hora, um oficial de bigode o cumprimenta com o braço erguido. Papai é um menino de um metro e noventa, tamanho GG, mãos enrugadas. Tenho os mesmos anos que papai. Só que ele já completou várias vezes a mesma idade.

Papai tem sempre o mesmo pesadelo. Ele numa estação de trem vazia. Pensa que a mão de Deus o deixou na plataforma errada: *Quando giro a cabeça, vejo multiplicarem-se os rostos perdidos das crianças. O olhar ausente das mulheres. As costas curvadas dos homens. Tenho os punhos cerrados. Todos eles peregrinam cabisbaixos por essa paisagem atômica. São centenas, são milhares que arrastam seus pés sobre os trilhos de metal. E tenho os punhos cerrados. Esses seres embarcam nos vagões. Continuo com os punhos cerrados. Soa o apito agudo. As rodas de ferro se põem em movimento. Começo a andar, com os punhos cerrados. As sombras dos vagões rastejam pelo chão. Vejo-os como se afastam fazendo sinais com as mãos, que se esgueiram por janelas estreitas. Corro sobre os dormentes, com os punhos cerrados. Contemplo-os até que a escuridão de um túnel engole as últimas figuras. Corro e corro, atrás do trem, mas fico a meio caminho, na direção oposta.*

Papai fica ausente enquanto lê o jornal e pensa na guerra. Faz contas, soma, subtrai; tira a média aritmética dessa época. Falo para ele esquecer, que em casa só tem soldadinho de chumbo, revólver de água. Diz que arames farpados rodeiam seus sonhos. Papai se atrasa porque pensa na guerra. Uma marcha de botas galopa em seus ouvidos. Sempre carrega pão nos bolsos. Proibiu-me de ler livros de história, anota um ano em suas pernas. Não sabe que escondo uma enciclopédia debaixo da cama e que também registro essa data. Vigia a despensa, contabiliza os alimentos não perecíveis: potes em conserva, pacotes de arroz, sacolas de legumes engrossam sua lista. Todos os dias faz o inventário da caixa-forte.

Tenho vontade de abraçar papai e avisá-lo que a guerra já acabou, mas cada um de nós chora sozinho em seu quarto. Dois mil quatrocentos e cinquenta e sete é o número que papai, sem saber, escreve em meu braço quando faço nove anos. Essa é a cifra que me dói, são os dias que durou a guerra, todas as lágrimas que papai tem chorado. Comemoro meu aniversário de nove anos com um número de quatro dígitos. Acrescento o dois, o quatro, mais o cinco e o sete. Vejo papai passar o dia abrindo e fechando o jornal. Dois mil quatrocentos e cinquenta e sete são os dias que eles devem a meu pai.

Do terraço da casa da sua infância, papai vê dois soldados batendo à porta. Os dois homens conversam em voz baixa com a mãe dele no hall de entrada. Ele espera lá em cima no terraço, nervoso, andando de um lado para outro. Sente sob os pés o calor do piso de alcatrão. Do alto, vê que estão levando seu pai embora, agarrado pelos braços. Há um estampido de fogo no horizonte. Sempre vai lembrar que, naquela tarde de verão, a voz não lhe saiu para perguntar ao pai aonde ia, a que horas voltaria. Tampouco conseguiu despedir-se dele. Nas semanas seguintes, perguntará do pai a todos os homens de uniforme, mostrando-lhes uma foto antiga. E o menino sente que seu mutismo se transforma em um tranco que retumba dentro do peito. E que vai fazer que nunca mais consiga andar aprumado. Nesse dia será levado para morar em outro país, do qual jamais sequer havia ouvido o nome.

Agora papai dorme no quarto colado ao meu, mas, quando fecha os olhos, está deitado numa despensa com baratas, ao lado dos seus dois irmãos. Quieto, em meio às catorze latas que restam de comida. Papai é tão pequeno que some atrás do papel de parede, e seus cílios roçam a parede. As três crianças prendem a respiração porque, no corredor, ouvem-se passos estranhos. No dia anterior, haviam encontrado a porta da casa arrombada. A madeira arrancada das dobradiças, e, no chão, um bilhete em outro idioma. Sua mãe passa horas arrumando o armário. Limpa sapatos, escova ternos, dobra camisas. Muda cômoda e poltronas de lugar. Inverte a posição da cama, arruma a sala de jantar. Sempre se veste de preto. À noite, leem as listas clandestinas à luz de velas. Não encontram o nome de seu pai nas linhas datilografadas. A cera cai em gotas grossas apagando sobrenomes.

Papai diz que chove tristemente dentro dele. Sonha que Deus se ajoelha em seu ombro e lhe pede perdão.

A memória dos sentidos

Papai menino tem o estômago inchado por falta de comida. Quando digo *estou morrendo de fome*, fica nervoso e abre o armário. Revira pacotes, conta vasilhames, potes e caixas. Muda a ordem dos alimentos. Risca alguma coisa em sua caderneta de mantimentos. Sem me olhar nos olhos, me estende um punhado de passas.

Na cidade de papai, três caixas de alimentos eram trocadas por uma informação incerta. Um litro de gasolina por um encontro com um oficial. Uma joia da família por um passaporte falso. Suas avenidas eram iluminadas pelos holofotes vigilantes do inimigo. Um círculo de luz cobria sua nuca durante o trajeto da escola à sua casa. Os homens vestiam o uniforme dos farrapos. Andavam descalços porque já haviam vendido seu último par de sapatos. Os cães emitiam grunhidos guturais enquanto vasculhavam o lixo, lambiam as chagas dos mortos. Os esgotos detonados, as privadas vazando. O esterco pelas calçadas, nas esquinas, impregnando as roupas, os móveis, os postes. O temor estrangula os intestinos. Andar pelas ruas era pisotear os próprios excrementos, os do vizinho, os de outros habitantes que vivem com medo. Um rio coagulado de detritos e fezes. As fezes se transformam em "éfes". "Éfes" que se cruzam com "zês" e "agás". Uma trança de esterco é a coluna vertebral que se desloca em forma de "éle" pela cidade.

Estou fechando a porta do banheiro e ouço a voz alterada de papai. Fico parada no meio do corredor, de costas para ele.

— Tamara, você puxou a descarga?

— Sim — respondo, e minhas pernas tremem enquanto continuo andando.

— Certeza? — insiste.

— Sim — assinto com a cabeça, com o corpo.

— Então por que esse cheiro de merda?

Inalo e não sinto nada. Sei que está de novo atormentado por esse cheiro que só existe em sua mente. Do meu quarto, ouço-o dar várias vezes a descarga; a água corre, e ele borrifa aerossol. Papai sente o cheiro das essências azedas e rançosas da cidade de sua infância. Tem náuseas com esse cheiro que grudou em suas fossas nasais. Nessa noite, sonho que abro a porta do banheiro e encontro papai morto, sentado no vaso da privada, que transborda de excrementos.

Os meninos da cidade passam a tarde em frente à confeitaria. Papai, do outro lado da vitrine, olhando a película de caramelo que se derrete sob as lâmpadas. As cores dos doces formam um arco-íris. Pelo vidro, saboreia a paleta de cores que se desfaz em sua boca, enquanto a língua se move rachada. Ele gostaria de sentir deslizar por sua garganta os chocolates morninhos embrulhados em celofane. Mas todo o devaneio termina quando suas tripas roncam. A fome que enche a cabeça, a cavidade de um abdome que se contrai. Amplificar a lembrança do único bocado do dia. Aquele naco de pão duro mastigado com um par de movimentos dentro da boca e uma infinidade de vezes na mente.

À mesa, papai come apressado e deixa o prato limpo de restos. Vigia a equivalência das porções servidas. Olha de relance as outras travessas da mesa, junta o resíduo das fontes em seu prato. Papai raspa a superfície até fazer ranger a louça. Depois, unta com um pedaço de pão o suco da comida e desenha auréolas no prato. Termina sua porção antes de todo mundo.

— Tem mais? — pergunta.

— Você já comeu o bastante — responde mamãe.

— Tem mais? — pergunta como se não tivesse ouvido.

Ficamos todos em silêncio enquanto levamos lentamente os garfos até nossas bocas.

— Quero mais! — insiste.

Mamãe lhe passa um pão que ele unta com manteiga e devora afoito. Nem terminou o pedaço de pão e interrompe de novo.

— Quem me oferece mais alguma coisa? — interroga em um tom entre autoritário e piegas.

— Mas... se você nem terminou ainda — diz mamãe, irritada.

Papai olha vigilante os outros comensais. Resgata minhas sobras, que empurra sonoramente para o prato dele com o garfo. Continua mastigando depois que todos já terminamos e permanecemos lânguidos à mesa. Come sem cessar porque, a qualquer momento, pode começar a guerra.

Se papai olha pela janela, fica hipnotizado pelo horizonte... ali desfilam soldados de uniformes pardos que exibem as culatras metálicas de seus fuzis, marchando em duas filas com os rostos impassíveis, seguidos por carros blindados. Agora está sentado no sofá. Chamo papai, ele não ouve.

Ergueu uma muralha de notícias. Está lendo o jornal num alfabeto sem memória. Em seus ouvidos, cada vez que lê o jornal, uma fita sonora gira enquanto ele guarda silêncio. Atravessa o papel, está em outra época, pensando em outro idioma. Papai é invadido sempre pelos mesmos ruídos: os passos sobre os paralelepípedos, uma pá raspando a guia da calçada, o assobio agudo das bombas, os estertores de um moribundo. Se insiste em repassar as notícias, ouve os rangidos do eixo do trem, a pancada seca de um portão de madeira. Então, se lembra do outro uso do jornal. Em sua retina, flutuam os cadáveres na rua cobertos por folhas de jornal.

Família de outro continente

Somos a plateia favorita de nossos pais. Minha família aprendeu a montar sua peça de teatro em outro continente. O espetáculo começa à meia-noite. Papai sempre chega tarde porque fica pensando na guerra. Debaixo de nossos travesseiros, escondemos o mesmo ponteiro com que mamãe cronometra seus atrasos. Quando ouvimos a chave dele girar na porta principal, saímos de nossos lugares. O felpudo sofá azul é o palco. O tapete, a galeria. Acomodamo-nos na poltrona da sala de estar, e meus pais entram em cena. Minha mãe veste uma bata roxa que insinua seu voluptuoso decote; sem maquiagem, ostenta um rosto mais abatido. Meu pai aparece, distraído, um pouco mais encurvado, uma mão no bolso. O piso de madeira range, o lustre do teto balança suas lágrimas de cristal. Com meus irmãos, metidos em pijamas desconjuntados, erguemos todos a cabeça, e nossas pupilas se dilatam.

    O espetáculo se desenrola atrás das bambolinas. Deitados em nossas camas, ouvimos as palavras entrecortadas de mamãe, as exclamações roucas de papai. Ruídos de gavetas que abrem e fecham. Um tremor percorre o piso, há um corre-corre no quarto deles, vozes golpeadas que vibram nas paredes. Os alicerces da casa são remexidos.

É um movimento que abre uma fenda entre nós e dentro de cada um. Não queremos ouvir mais. A manta de lã continua apertada em volta das cabeças até não conseguirmos mais ouvir; fere nossas bochechas, enche nossos olhos de fiapos.

Nunca reagimos com aplausos a esse espetáculo. Noite após noite, aquele instante voltava a se apresentar sob nossas olheiras de crianças. Quando tudo cessava, voltávamos a dormir. Na manhã seguinte, ninguém comentaria nada sobre a representação, nem naquele dia, nem nunca. A única evidência que restaria seria um vão afundado no sofá, dos nossos corpos ali refestelados por longas horas. De repente, a dúvida fugaz: sonhamos isso ou o vivenciamos de fato? Só nos restarão as únicas frases provenientes do quarto de cima, como um eco interno: *saia, não quero mais vê-lo, você é um déspota*. E ficam flutuando, girando, repetindo-se e ameaçando nos enlouquecer.

Faz tempo que a única coisa que vejo na geladeira é um pote de margarina, metade de um limão, garrafas vazias. Na fruteira, encontro três maçãs murchas. Entro no banheiro; a chama do aquecedor está apagada, restou um pouco de fuligem em seu orifício de dentes metálicos. Os tubos do encanamento emitem um som agudo quando abro a torneira de água quente. Começam a chegar envelopes carimbados com a palavra URGENTE que meus pais não abrem. A diretora da escola nos convoca à sua sala, a mim e meus irmãos, para comentar que a mensalidade está atrasada. *Meus amores, digam ao papai e à mamãe que o último prazo vence agora, nesta sexta-feira*, modula suavemente a voz com seus lábios mal pintados. Observo de relance a flor de tecido presa em seu vestido. Saímos com as mãos cavoucando os bolsos, que estão cheios de areia e migalhas de pão. Volto para casa e vejo papai com uma pilha de contas sobre a cama ainda desarrumada, digitando números numa calculadora antiga.

Mamãe está agitada, diz *não tem mais dinheiro nesta casa, vamos começar a morrer de fome*. Fala andando de um lado para outro, agitando suas bijuterias. A casa na mais completa bagunça, toalhas espalhadas pelo chão, a máquina de lavar louça com a louça suja, as persianas fechadas. Tudo impregnado de um cheiro de casa enclausurada. Adela pergunta pela mulher da faxina. Foi mandada embora. Nós três nos entreolhamos e concordamos tacitamente em não dizer nada sobre a mensalidade não paga. Conto meu dinheiro escondido na caixa de chocolates; não é suficiente, não daria para sobreviver nem por um par de dias.

Aprendi a escrever imitando os desenhos de outras crianças

Aprendi a escrever imitando os desenhos de outras crianças, com grande esforço para preencher a página. As perguntas de papai iluminam minhas buscas, as coisas que depois leio. Procuro respostas juntando fragmentos, indícios, frases incompletas que encontro em livros, revistas da época, cartas de família. Monto um quebra-cabeça combinando as interrogações de papai com os meus achados. Procuro o sentido de frases soltas, termos estranhos e seu significado no dicionário. Anoto *valas comuns*, *epidemia*, *deportações*. Algumas dessas palavras não constam, e então se abre um novo abismo.

As coisas que mamãe diz para não repetir, escrevo em meu caderno para não esquecer. Acrescento palavras que, juntas, soam bem, desenho seu significado com uma caligrafia meticulosa. Combino proparoxítona com paroxítona, consoantes e vogais, verbos pretéritos futuros. Preciso terminar esta frase, mas me distraio com a discussão da noite anterior. Continuo escrevendo, fico cheia de ideias. Vivo fora do prazo. Mergulhada em uma época que não me pertence. Habito lugares em que nunca estive presente. Papai, ao contrário, permanece nesse tempo remoto.

Papai continua pensando na guerra; me proíbe de ler livros de história enquanto anota um ano em suas pernas. Eu também registro essa data como uma tatuagem em minha mente. Um dia, ele descobre a enciclopédia que escondo debaixo da cama e não diz nada. Procuro mais, me perco em outros livros. Apalpo com a ponta dos dedos o desenho desse continente e marco com alfinetes as cidades que, um dia, ainda irei conhecer. Um torrão jaz esparramado no meio de um mapa-múndi. Nunca soube se éramos daqui ou dali. Fundei minha pátria em um caderno azul no qual não sou minoria. Mamãe e papai insistem em me manter ignorante. Que não vá à escola, que não leia tanto, que uns poucos sons já são suficientes; que a história é para quem não tem presente. Copio parágrafos de livros, datas, personagens. Sou testemunha de fatos que nunca presenciei. Até deparar com os nomes que sempre ouvi em casa. À medida que leio, vou tapando a boca para não deixar escapar dos lábios o horror. Interrogo seus rostos e adivinho a expressão que oculta todo esse ódio. Ilustro na página tudo aquilo que penso. Agora sou capaz de nomear os lugares, as pessoas, as datas que me doem. Tenho pânico de continuar lendo, mas preciso entender meus pais.

Papai e mamãe vêm de muito longe. Nota-se isso na distância que estabelecem em relação a outras pessoas. Suas cidades remotas se fazem presentes em discos em outro idioma, em expressões particulares que cunham em casa. Em casa, rezamos a outro Deus, celebramos outras festas, fala-se uma língua que me é familiar e que não entendo. Nossa casa tem outro cheiro, a cozinha tem aromas mais adocicados, o forno está sempre morno. Na sala, há outros adornos, objetos que não vejo na casa dos meus vizinhos. Há cinzeiros de bronze com pedras turquesa; vidros coloridos. Um par de candelabros sobre a lareira. Um mapa com cidades que não conheço. Uma placa no batente esquerdo da porta. Meu sobrenome é difícil de pronunciar, preciso soletrá-lo. As pessoas me abordam com perguntas. Mas, na imensidão da sala de aula ou durante minhas leituras, não estou ali, escolho outros destinos. Quero existir debaixo de uma mesa, dentro de um armário, nas entrelinhas.

É dezembro. Os garotos do bairro saem à rua com suas coisas novas: bicicletas de alumínio, roupas da moda, brinquedos motorizados. Sinto um calor súbito na boca do estômago. Os raios metálicos giram dentro das rodas aro vinte e quatro. Eles perguntam por meus presentes, não sei o que dizer. Não tenho nada novo para mostrar. Ficam ao meu redor e querem saber por que meus pais falam daquele jeito tão esquisito, de onde é aquele sotaque, se eu conheço o país de onde eles vêm. Enquanto me interrogam, tudo roda; como quando olho os pneus das bicicletas girando no eixo acionado pela corrente. Ouço risadas e mais risadas. Seus corpos montam no selim; pedalam rápido e se afastam. Eles apertam suas campainhas. *Ring ring*. Suas risadas ainda flutuam no ar quando dobram a esquina. Fico parada no meio da rua, minha sombra se delineia na calçada e numa parte da parede. Vejo-me avançando incessantemente sobre uma esteira transportadora. Caminho na esteira, e meus pés se cansam nesse trajeto solitário.

Papéis cruzados

Minha irmã, Adela, transita pela casa, pálida e esbelta. É como se fosse nossa mãezinha. Tranquiliza-nos quando ouvimos os passos de mamãe saindo para a rua. Não sabemos aonde vai, mas seus passos golpeiam intermitentes o asfalto. Olho pela persiana e distingo o salto agulha, o brilho das meias sobre o peito do pé, o tornozelo meio encoberto pela capa de chuva. Caminha decidida até que um motor é ligado. Adela tapa nossos ouvidos com a manta para não ouvirmos as discussões noturnas, ou divide equitativamente a escassa comida que há na geladeira: três maçãs meio murchas, um ovo, meio litro de leite.

Estamos juntos, os irmãos, e combinamos de um fazer o papel do outro. Uma brincadeira de substituições, encarnar o outro que nos vê, pagando uma prenda. É a diversão do espelho partido em caquinhos de crueldade. Davor é o primeiro. Do baú das tranqueiras velhas, ele pega uma peruca loira e faz duas tranças desiguais, no mesmo instante em que acaricio meu cabelo trançado. Inventa um disfarce com uma saia xadrez e uma jaqueta vestida do avesso. Ri com os dentes da frente para fora. Fecho imediatamente minha boca entreaberta a ponto de esboçar um sorriso. Ele imita meu andar cambaleante, uma cara de pena. Estica os olhos para que pareçam puxados. Enfia o dedo no nariz e faz rolinhos no cabelo. Recria meus chiliques e choros. Fico chupando meu cabelo, até as mechas ficarem duras. Adela ri toda vez que identifica um novo gesto e dá boas gargalhadas. Eu não consigo rir, tento conter as lágrimas que querem saltar.

Como se não fosse nada, subo na mesa para improvisar uma cena com Davor. Adela boceja umas duas vezes e vai embora. Sugiro imitarmos *papai e mamãe*. Ponho um avental e transformo os enfeites da sala de estar em utensílios de cozinha. *Sou sua mulher, a mamãe, e vou preparar uma comida deliciosa para você.* Ele só consegue dizer umas poucas palavras e sai do libreto. Começa a emergir um choro que vibra em sua garganta, ele bate a cabeça pelas paredes. Pergunta pelo pai, seu papaizinho. A cortina de trás é puxada, fecha-se o foco dos refletores. Nesse dia, compreendi: meu pai não era o mesmo que o pai de meus irmãos. O deles dois falecera havia muitos anos, quando Davor mal começava a andar e Adela aprendia a ler. Agora eu reparava melhor naquele outro sobrenome que Adela e Davor escreviam em seus pertences escolares, nas etiquetas de suas roupas. Distingui o matiz mais escuro de sua pele, as outras feições, os gestos mais suaves. Mas também consegui reparar nos olhos amendoados, nas mãos grandes, na testa lisa. Entendo o silêncio que pairava quando meu pai estava presente e por que não levava os dois à escola como fazia comigo. Na frente de Adela e Davor, comecei a evitar nomear papai, sentia-me culpada.

À noite, dou uma escapada até a cama de Adela e assistimos a filmes de terror escondidas debaixo dos lençóis. Psicopatas correm com machados, nos perseguem atravessando a tela.

— Feche os olhos, não me aperte com tanta força! — diz ela.

— Uuui, olha só como pende a cabeça degolada da faxineira — e cubro os olhos.

— A babá é que era a assassina, batia no bebê quando o levava para passear de carrinho pelo parque. Cubra os olhos.

— Posso abrir? — pergunto.

— Não, ainda não. Espere... Agora sim, já passou.

Como todas as noites, Adela penteia meu cabelo com uma escova de cerdas que produz um leve farfalhar em meu cabelo. Pega umas mechas enroladas e as desembaraça pacientemente. Às vezes, me arranca uns gritos, mas consegue me fazer dormir com o barulhinho da escova. É um ronronar que alivia minha angústia, tudo aquilo que sinto. Uma carícia que acompanha a curva da minha nuca. Um calafrio que me deixa suspensa da raiz até as pontas. A espiral de redemoinhos gira atrás da minha nuca. Enquanto me escova, conta que gostaria de ir morar longe, ter três filhos, estudar línguas.

Davor, inspirado pelas mesmas histórias de terror, nos assusta vestindo máscaras monstruosas, nos persegue com facas. Faz ruídos esquisitos, geme como um louco atrás das portas. A casa parece possuída por fantasmas que desfilam suas silhuetas pelas sombras. Os pesadelos sobem pelo canapé, pela mesa de cabeceira, trepam pelos lençóis, projetam-se nas paredes. Vejo um animal gigante, a sombra de um homem disforme no vão da porta. Grito sem conseguir emitir um som; de um salto, endireito o corpo na cama e fico sentada, a respiração agitada.

— Adela, não consigo dormir. Estou tendo pesadelos, abra espaço para mim.

Adela levanta os lençóis e se enfia mais para dentro.

Papai e o meu sangue

Sangro quando não devo. Dia sim, dia não. Todas as segundas-feiras. Encho minhas gavetas de compressas de algodão e gaze, que depois pressiono entre as coxas. Papai fica esquisito quando eu sangro. Nesses dias, não me dirige a palavra. Nossos olhares se cruzam na mesa. São muito parecidos nossos olhos. Acho que quando sangro, papai pensa que feri alguém. Não me lembro de ter machucado ninguém. Talvez tenha, mas não lembro.

Papai diz *não quero sangue nesta casa*. É a única vez que bate na mesa. Eu me escondo no quarto e, com a minha calcinha manchada, cubro a lâmpada que pende do teto. Observo o mundo através desse prisma. Vejo as cortinas salpicadas, a janela é um hematoma, a porta fica atravessada por listras. O lugar se ilumina com uma luz escarlate. Quando fecho um olho, o tom varia do roxo para o carmesim; se abro o outro, passa de vermelho intenso para cor-de-rosa. Se giro rápido, o tom ígneo faz brilhar o tapete, o tecido da colcha, o pano das cortinas. Mas de repente alguém bate à porta e o fogo se extingue.

Sinto pânico desse fluxo que ameaça me destruir. Fico à espreita de qualquer sinal. Constato, com meu dedo indicador, que uma lava morna escorre pela parte interna das minhas coxas. Na ducha, escrevo meu nome nos azulejos com esse líquido. Quando cresci, desenhei um coração com o nome de papai e o meu. Depois, atravessei-o com uma flecha. Agora papai chora cinco dias por mês. Meus joelhos formigam, são duas rochas de gelo. Papai chora nove meses por ano. Sinto pontadas no ventre. Ele lê o jornal enquanto sou sua filha. Estou com olheiras, muito pálida, não sei o nome da doença que me afeta. Papai sente náuseas, enjoos circulares. Meu corpo pesa, os ossos doem. Papai fica com o abdome inchado, crescendo para frente. Não sei por que sinto tanta pena dele. Seus pequenos mamilos incham, aqueles ternos botões. Tento me lembrar de um crime: um assassino, um mártir, o lugar dos fatos. Ele aumenta e aumenta de peso. Acaricio minha vítima. Tem algo vivo dentro. A culpa escorre de mim entre as pernas.

Quando o sangue demora a chegar, tenho receio de parir esse monstro que me morde e que está aferrado às minhas entranhas. Não paro de sangrar, não consigo dormir, tenho medo de amanhecer diluída em uma mancha. Continuo lambuzando as paredes com meus dez dedos vermelhos. O prazo se impõe, um trâmite que meu corpo não se esquece de cumprir periodicamente. Saio à rua para recompor meus fragmentos espalhados. Escondo as bandagens que curam essa ferida periódica. Perco peso, fico diminuída. O contrabando das cataplasmas atiradas na lixeira do fundo do pátio. Tento reter isso que corre de mim, para continuar existindo. E para que papai volte a me querer e não fique mais bravo comigo. Para que não me olhe mais com suspeição e volte a cruzar seus olhos com os meus.

    Ele me evita durante esses dias. Mas seu silêncio eloquente transmite sua sentença. *Não quero sangue nesta casa*. Meu corpo não responde. Cumpre o ditame de sua erosão. É por isso que eu não queria crescer mais, bastavam-me meus nove anos. Eu me sinto mal, com receio da hemorragia à espreita. E chega a data, esse manancial brota do meu corpo sem razão, transferindo-me uma angústia de outro tempo. E o punho dele bate e rebate contra a toalha da mesa da sala.

— Não quero sangue nesta casa — diz.

Baixo a cabeça, junto as mãos sobre minha saia e olho para o chão. Fecho as pernas, encolho a barriga, respiro fundo. Os corpos cobertos por jornais. Dobro os joelhos, separo os lábios, estico o pescoço. Alguém parte em um trem sem regresso. Encolho os ombros, dobro o cotovelo, estico as mãos. Uma lista de nomes é escrita enquanto o chão é raspado com uma pá. Sei que quando sangro papai pensa, suspeita, tem certeza de que tenho algo a ver com o oficial do braço erguido.

Mamãe fica em pé toda vez que ouve uma má notícia

Desde que nasci, mamãe está morrendo. Quando quer falar comigo, seus lábios ficam dormentes. Mas, cada vez que ergue a voz, deixa uma ferida. Anda pela casa apoiando-se pelas paredes, reprimindo um constante acesso de tosse. Para mamãe, as palavras são insuficientes, por isso lança mão de trejeitos grotescos: os olhos bem abertos, sem pestanejar; as mãos crispadas. Os verbos trespassados por seu corpo configuram uma caligrafia que só ela entende.

Mamãe é atacada por enfermidades inéditas. Ela é a autora de seus nódulos inflamados; escreve suas infelicidades no próprio corpo. Mamãe varre, deixa o lixo pelos cantos. Apoia o rosto na vassoura e pensa. Não sabe do menino que papai carrega dentro de si. Tampouco reconhece as economias domésticas que todos realizamos: as maçãs que dividimos, o xampu que usamos gota a gota, os litros de água que tomamos para enganar a fome, as muitas horas que dormimos para não gastar dinheiro com nada. Ela compra pares de sapatos, vestidos longos, joga fora a comida que sobra. Toma bebida atrás das portas. Eu fujo de seus beijos avinagrados. Ela maquia os olhos em um vértice do espelho. Retoca-os com um lápis marrom grosso. Pinta a boca com o batom vermelho que herdou da mãe dela. Vira de costas as fotos que enfeitam seu quarto. Só se atreve a deixar descoberta uma imagem de alguém que partiu faz tanto tempo que ela já nem lembra quem é. O perfil de meus irmãos flutua nebuloso naquele rosto.

Mamãe adoece toda vez que fica triste. Passa o dia inteiro deitada, sua pele descama nessa posição. Diz para mim *tenho sede*, eu a escuto da entrada de seu quarto. Seu braço estendido segura um copo engordurado que há dias está na mesa de cabeceira. Pigarreia seus lamentos e cobre a boca com um lenço todo amarfanhado. Lê manuais de tricô e ensaia novos pontos com os novelos de lã. Eu lhe trago vinho misturado com água. E olho as peças disformes que ela faz: um suéter sem gola, um cachecol curto demais, uma luva com quatro dedos. Volta a sorrir tenuemente e tricota mais um direito e avesso. Mas mamãe é uma pessoa forte, fica em pé toda vez que ouve uma má notícia.

Um dia, voltávamos da escola como todas as tardes quando vimos, dependurado na fachada de casa, o aviso VENDA DE GARAGEM, em grandes letras vermelhas. Mamãe nos esperava à porta. Adela ficou branca e quase desmaiou. Davor ficou roxo de raiva e deu um murro na parede. Eu fiquei com vontade de sair correndo; olhei para a rua, mas meus pés não reagiram. Corremos para salvar nossos bens de plástico daquela venda que não fazia distinção entre colheres de pau, cortinas de tule, bolas de borracha, tapetes persas, baldes de praia, caçarolas, móveis de mogno, jogos de louça, peças de lego.

Pessoas estranhas investigavam a casa, os móveis, os adornos. Andavam por ali pechinchando preços, fazendo perguntas. Moviam-se por nossas dependências com uma desenvoltura irritante. Examinavam os armários, as rachaduras da parede, e sussurravam. Primeiro enrolaram o tapete da sala de estar, nosso lugar de combate. Depois, uma senhora gorda, que mal conseguia passar pela porta, removeu de qualquer jeito as coisas da escrivaninha de Adela. Tirou de lá cadernos encapados, lápis soltos, fotos recortadas. Minha irmã recolheu tudo sem olhar para ela e guardou na bolsa de ginástica. Um garoto da mesma idade de Davor levou embora seu baú de madeira cheio de decalques. Cada adesivo era de um país diferente, ao todo cento e quatro figurinhas. Agora era a minha vez. Um homem jovem se pôs a examinar detidamente meus pertences. Optou por minha boneca Patricia. Enquanto movimentava seus braços de pano, dizia ter certeza de que sua filha de nove anos iria adorar.

Ficamos esse dia inteiro num canto da sala de estar, em frente à TV. Fingindo não dar bola para aquela incômoda expropriação. Assistindo a um programa sobre o corpo humano. Já tínhamos visto como funciona o sistema nervoso, o aparelho respiratório, os sinais que partiam do cérebro. Agora iam falar do coração. Um homem ali quis se informar sobre a TV, mamãe ficou nervosa e disse *sim, claro; ainda está na garantia, veja bem, tem uma tela enorme, parece cinema*. Falava das qualidades do eletrodoméstico apontando para ele com as mãos abertas, como quem apresenta um artista. As batidas do coração foram interrompidas quando mamãe apertou o botão. Tirou a TV da tomada e limpou a poeira, enquanto o homem assinava um cheque. Ele pegou o objeto nos braços e saiu sem se despedir. Ficamos os três na mesma posição, olhando fixo para a parede, adivinhando o final do programa. Perguntando-nos como funcionava o órgão que faltava: o coração. Ao fundo, dava para ouvir o chiado das tubulações.

Equações que dão outros resultados

Chega a hora da prova de matemática. A folha da prova descansa na minha carteira. Estou paralisada, olho os números e os sinais, que perderam sentido para mim. As fórmulas se confundem. Elas me dão vertigem. Durante a prova, todos pegam seus lápis e canetas, e começam a escrever. Uma incipiente taquicardia faz vibrar os números e os sinais fixos na folha mimeografada.

Para me distrair, escrevo *prova de matemática*; apago, e então anoto *Exercícios*, que depois também risco. Delineio meu nome, a data de hoje, olho em volta. Meus colegas continuam deslizando suas esferográficas pelo papel. Uma densa fadiga percorre meu corpo. Minhas mãos transpiram, a tinta azul escorre. Vejo manchas escuras na folha da prova, entre as operações, na lousa apagada. Suspiro, minhas têmporas latejam, a cabeça dói. Tento dar uma espiada nas outras provas e achar alguma pista que me oriente. Tenho uma ideia, esboço alguns números e sinais. Me arrependo e começo a apagar tudo, a borracha se desmancha em partículas mínimas que se espalham pela folha. Tento outros traços e novas cifras. Olho em volta: só consigo distinguir manchas, ícones mudos para mim. Volto à minha prova.

As cifras continuam silenciosas e estáticas. Tento me acalmar, mas o avental branco do professor me aterroriza.

No meio do conjunto de números, flutua essa cifra que cintila como uma miragem para mim. O dois, junto com o quatro, o cinco e o sete. Esse é o número que me dói, é a quantidade de dias que durou a guerra, todas as lágrimas que papai tem chorado. Dois mil quatrocentos e cinquenta e sete são os dias que lhe são devidos. Não quero que do fundo da folha, apareça essa cifra que rima com a minha história. Ou então que apareça um três, seguido por um quatro, um nove, três setes e um zero, que é o número de telefone da casa das palmeiras. O número discado pelo pintor. O homem que há pouco me roubou mamãe; por meia hora, duas horas, três horas e quinze minutos, uma noite inteira. E, se mantivermos o número três, é a tríade de alimentos que estão na geladeira. E, se eu pegar o três e somar um onze, são as catorze latas da infância de papai. Se eu somar vinte e nove mais setenta e cinco, chego às cento e quatro figurinhas do baú de Davor que foi arrematado. Três por três são os eternos nove anos de papai. Olho o relógio. O tempo está se esgotando. Conto os nove botões do avental do professor.

Toca o sinal do intervalo, as outras crianças param e entregam suas folhas, e eu continuo sentada na carteira com a prova em branco. Da próxima vez, estudarei mais, digo. Ou então falarei com o professor. *Não é que eu não saiba, é que os exercícios misturados com as minhas lembranças acabam dando outros resultados*. Levanto e dou uns passos pelo corredor, ouço a madeira ranger e o retinir das solas de meus sapatos. Não há mais alunos na sala. Arrumo a cadeira e vou andando. O professor estende sua mão para receber a prova vazia, reflexo da minha mente. Minha prova coroa a pilha de folhas que se amontoam sobre a sua mesa. Murmuro baixinho um *até mais* e vou embora.

Fico desenhando uma figura qualquer na areia grossa do pátio, com a ponta dos pés, e passa a imponente figura de avental branco; então uma pontada de fogo sobe pelo meu abdome. Ele avança com grandes passadas pelo corredor, de repente para, ajeita os óculos e segue adiante. *Entenda bem, a questão não é saber ou não saber, estudar ou não estudar, é que minhas equações, operações e álgebras dão outro resultado.* Ele está com a mão direita encolhida no bolso; com a outra, segura a pasta, carregada de provas.

A casa da avenida das palmeiras

O caminhão da mudança está de novo estacionado em frente à nossa casa. Liga o motor. Ficamos vários meses vagando pela cidade com minha família carregando uma bagagem leve. Cada vez temos menos pertences. Já vendemos os móveis, os tapetes, os eletrodomésticos. Lembro a última imagem que a TV enquadrava. O sangue circulando pelas veias e por metade da aorta. Tacatacatá. O batimento inconcluso do coração. Nosso pequeno infarto. O caminhão toca a buzina. Guardo uma foto dessa época mais estável. Papai e mamãe estão em pé, abraçados, o jardim ao fundo, e nós, amontoados a seus pés, vestidos com nossas melhores roupas. Meu caderninho de folhas grossas continua ocupando um lugar em minha mala. Arrastamos os pés em migrações circulares, que depois tomam forma de espiral. De repente nos dispersamos, meus irmãos ficam morando na casa de uma tia, e pouco os vejo. Mamãe e eu estamos no quarto de hóspedes de uma amiga da família. Não sei onde papai dorme, mas ele vem nos visitar todas as manhãs. Uns dois meses mais tarde voltamos a nos reunir em uma casona velha.

Essa casa tem um cheiro diferente das outras em que moramos. A fachada tem um aspecto um pouco sujo, mas gosto das barras de ferro retorcidas como trepadeiras que protegem as janelas. As paredes internas estão manchadas, o piso é de uma lajota gelada, os corredores escuros são compridos. Corremos, eu e meus irmãos, por esse labirinto de alcovas e galerias, e nossos passos ressoam na alta abóbada da construção. Subimos e descemos pela ampla escadaria para escolher nossos quartos. Essa casa fica num bairro mais barulhento e antigo, mas nossa rua é uma avenida larga cheia de palmeiras. Os ônibus passam perto tocando suas buzinas, as calçadas estão cheias de buracos e de raízes expostas. Na nossa entrada, há um grande latão de lixo que fazemos rolar pela calçada.

Por ordem de mamãe, saímos à rua, procurando móveis e objetos de decoração. Vasculhamos as caçambas, cheias de barras de ferro, pedaços de madeira, mantas felpudas. Encontramos uma cadeira em perfeito estado, um quadro com uma paisagem, uma mesa com três pernas, uma almofada manchada. Chegamos com os nossos troféus, e mamãe fica contente. Ela nos espera com um lanche delicioso: leite achocolatado e pães doces. Em outro dia de busca, demos com uma panela, um tapete, um banquinho para a cozinha. Encontro uma floreira de vidro, com a borda rachada. Papai restaura com paciência cada um dos objetos.

Uma manhã, mamãe está cantando na cozinha, pergunto por papai, e ela diz que foi trabalhar no novo emprego. Olho a mesa e vejo um buquê de flores no recipiente consertado. Penso que, por um tempo, a cicatriz do vaso ficará oculta. Procuro na superfície de louça a rachadura encoberta, é mais visível por dentro; como as feridas que carrego. Como as dobras dos meus mapas, como as marcas da história. Mamãe anuncia que, na próxima semana, virá um pedreiro pintar e fazer uns consertos na casa.

Mamãe e seus gritos

Quando mamãe entra em casa, irrompe com sua grande estatura e com aquele seu halo frio e elétrico. Meus irmãos e eu ficamos paralisados quando ouvimos a intensa pressão que ela exerce sobre a campainha. À medida que avança, vão sendo lançadas sombras sobre a porta principal, o hall de entrada, a sala de estar. Nós recuamos, andando para trás, olhando fixo para cima. Um passinho, outro, andando de costas, aproximando nossas mãos até formarmos um triângulo de arestas trêmulas. Ela ergue os ombros, os cotovelos, e suas mãos são como um par de alicates que nos envolvem. Continuamos unidos enquanto ela emite um doce cantarolar. Então nos abraça, dizendo que somos seu trio de sombras melancólicas. Que estava morrendo de saudades. E, de repente, nos larga ali e segue para o seu quarto.

Mamãe e eu paramos diante do espelho. Ela me olha com estranheza. É tão grande a distância entre nós duas. Percorremos nossos rostos e não encontramos nenhum traço semelhante. Mas, ao sorrirmos, registramos o mesmo semblante. Suas várias expressões convergem em minha retina impávida. Com seu olhar, mamãe atravessa o vidro. Mamãe é bonita. Seu rosto não tem rugas, suas feições são muito bem desenhadas. Dos seus olhos enormes, nascem cílios longos e curvos. Tem uma pinta na face esquerda. Suas maçãs do rosto saltadas lhe dão um ar senhorial. Sua boca é um par de lábios grossos e bem delineados. Detenho-me em minha imagem pálida, quase transparente. Minha pele é tão branca que posso me ver por dentro. Ilumino meu avesso com uma lanterna. Um raio de luz torna nítidas as cicatrizes que o tempo apagou por fora e as suturas que ficaram por dentro. Mamãe me obriga a modificar minha biografia, a retocá-la. Durante seu estado de constante convalescença, fui inventando minha própria enfermidade sem classificação. Todos os meses, estranhas úlceras esburacam a parte interna da minha boca. As gengivas racham, a língua se deforma. Os médicos não encontram o antídoto nem a causa desse mal. Os exames apontam para meu sangue misterioso. Por vários dias, fico em silêncio, perco-me em meus labirintos, sangram minhas gengivas.

Nos cruzamos no salão. Mamãe liga o toca-discos e me puxa para dançar. Me aperta com força, e eu chego à altura de seus seios. Não posso evitar sentir um aroma de leite. A música é uma melodia que ouço desde sempre, e ela canta a letra em outro idioma. Mamãe insiste para enlaçarmos nossos corpos. Percorremos o recinto em rápidos passos duplos e entoando a música. De perto, mamãe respira como um cachorro. Mamãe e eu giramos sobre o piso encerado. Mamãe me conta segredos ao ouvido. *Sabia que faz tempo que seu pai não me toca? Que seu pai sai com outras mulheres, que tem muitas amigas?* Quero que esse arroubo termine logo. Mas, quando a música vai silenciando, ela me ergue nos braços. Caminha firme, carregando-me, dando vários passos em direção ao quarto, até que meu pai entra com um presente nas mãos. Então ela solta um uivo. Caio no chão, olho para cima e cubro meus ouvidos para não ouvir meu próprio grito.

Mamãe grita muito e, quando grita, não é mamãe. Quando solta seus gemidos, parece um recém-nascido, um ancião, alguém mentalmente perturbado. Fica reduzida ao oval de sua boca, a esse ponto zero. Sua beleza, seus traços exóticos, se resumem a linhas e pontos. Custa-me reconhecê-la, sua imagem é possuída por outra identidade. Seu grito desfigura a cenografia da casa. Grita e volta à origem, a ser uma NN[1]. Seu alarido penetra nossos pequenos corpos. Sua expressão afásica se estende ondulante pelas cortinas, pelos tapetes, pelas paredes empapeladas.

---

1 *Nomen nescio*, em latim, *no name*, em inglês, *no-nombre*, em espanhol é uma abreviatura usada em alguns países da América Latina para designar pessoas com identidade desconhecida, em geral enterradas em vala comum, vítimas de tortura ou violência política do Estado ou de milícias. (N.T.)

Datas tortas

É o aniversário de casamento de meus pais. Mamãe se recusa a abrir o presente que papai lhe trouxe. Tranco-me no quarto e ponho a música bem alto para não ouvir os gritos que se espalham pela casa. Os gritos guardados pelas paredes, vigas, janelas. Todos queremos muito que essa jornada termine logo. Nesse dia, não foi possível nos reunirmos à mesa. Cada um come em seu quarto ou se ausenta de maneira misteriosa. Sei que essa noite também vou ouvir corridinhas noturnas, portas batendo, ruído de gavetas. Na manhã seguinte, não haverá papéis de presente desembrulhados, só cerâmicas quebradas e uma mancha de vinho no tapete. Nessa data, o grito de mamãe abriu e fechou o dia.

Sinto como se acumulam os dias tortos dessa existência, incidentes que todos lamentamos ter vivido. Nos sentimos condenados a essa contradição entre desejar nos afastar e não poder fazê-lo. Quando mamãe fica brava comigo, diz que sou muito parecida com papai, que somos iguais, que casar com ele foi sua maior desgraça. Fico sem saber o que dizer. É ela contra mim e papai; formamos dois bandos. Noto que ela o observa com receio, com raiva no olhar, com as narinas trêmulas. Insiste na ideia de que somos parecidos na insignificância, de que somos inúteis, desastrosos. Zomba de mim, implicando com a bagunça que faço. Sacode o terninho de marinheiro que visto até deformar as mangas. Diz a toda hora que sou caso perdido. Não aguento mais, caio no choro. Sons roucos escapam da minha garganta.

Toca a campainha. São as amigas de mamãe, convidadas para um chá. Para evitar que alguém perceba meu escândalo, ela me enfia bolas de algodão úmidas na boca. Minhas convulsões silenciam. A casa tem um aspecto muito arrumado. Na mesa, há uns petiscos e chá de ervas. As mulheres entram em casa falando alto, cumprimentando-se com fingida euforia. Mamãe, com aparência perfeita, mostra a elas a cozinha, o terraço, seu quarto. Ouço vozes que elogiam aquela evidente decadência. Depois, sentam para tomar chá diante de xícaras de porcelana de um jogo da família, antigo e incompleto. Encosto a cabeça na parede, passo a tarde ouvindo as risadas dessas mulheres que trocam receitas de cozinha e falam de homens. Estão descrevendo alguém que conheço. *Sim, pinta muito bem. É moreno, de ombros largos. Não, até que cobra barato. Fica assobiando uma canção enquanto passa o pincel. Tem os olhos muito negros. É educado, pede licença toda vez que entra em algum quarto. Fuma um cigarro no final da tarde. Parece que bebe. Faz a sesta no pátio com o torso nu.*

Essa noite, meus pais passam muito tempo conversando. Não há gritos como das outras vezes, só conversa. Ouço um murmúrio incessante através das paredes até quase de manhã. Tento identificar alguma palavra, uma pequena pista daquele diálogo. Nada, só o sussurro monocórdico. Às vezes, é a voz aguda de mamãe que expõe longos argumentos. Outras vezes, é a pronúncia entrecortada de papai, que pontua falas breves, mas taxativas. No resto do tempo, há lacunas de silêncio, respirações cansadas, ruídos de gavetas. Não consigo descobrir sobre o que estão falando, mas sei que algo importante vai acontecer. Instala-se uma data torta que altera o resto do calendário.

Mamãe sorri de outro jeito

Estão terminando de pintar as paredes do andar de cima da casa. Pintaram de ocre, com os rodapés brancos. Na semana que vem, vão envernizar as portas dos quartos. A casa tem outro aroma, um cheiro de solvente que persiste mesmo com as janelas todas abertas. As folhas de jornal que cobrem o piso estão com as letras escorridas, as pontas dobradas. Surpreendo mamãe olhando fixo para o pedreiro enquanto ele passa massa na escadaria, de costas para ela.

Mamãe, cuidado com o pedreiro, não gosto dele, tem um cheiro estranho. De repente, ele vai lixar seus olhinhos ou fazer alguma maldade em você com a furadeira. Não gosto quando ele me abraça pelas costas e me sussurra *Oi, minha menininha*, e entra em casa sem pedir licença. Não é mais como antes, quando pintava as paredes da cozinha e pedia licença toda vez que entrava num cômodo. O pedreiro tem olhos escuros, eu digo a ele que somos de raças diferentes. Provoco-o mostrando-lhe as pupilas azuis do gato siamês. Seus olhos primitivos pousam no decote, nos quadris sinuosos de mamãe. Lorenzo sabe olhar, sabe pintar, mas não sabe escrever uma palavra. Só falar, enfiado em seu macacão de brim cheio de pequenas manchas. Faz a sesta deitado dentro do carrinho de mão, com um boné de tecido cobrindo o rosto. Fica ouvindo um radinho de pilha estridente que demora para conseguir sintonizar. Toma água de uma xícara de louça lascada. Fuma um cigarro no pátio no final da tarde. Depois, troca o uniforme sujo pelas camisas lindas que mamãe lhe dá de presente. Vem cobrar o dinheiro com o cabelo molhado e penteado para trás. *Senhora, minha querida, minha vida; são sete mil. Deixe-me pegar um jornal para embrulhar o serrote, senão posso machucar alguém no ônibus.* Mamãe o acompanha até a porta, trocam algumas palavras; vejo-o andar lentamente até o ponto de ônibus.

Ela deita sem calcinha e adormece antes que papai chegue. Já não conversam mais. Mamãe fecha à chave a porta do quarto. Vejo papai ajoelhado forçando a fechadura e passando a noite no sofá. Uma ferida na borda do peito, tacatacatá, como bate forte meu coração, sem parar, galopa, galopa, parece que vai saltar para fora do corpo, vem até a boca. Estão me tirando mamãe, de pouquinho em pouquinho; roubando-me mamãe, meia hora, duas horas, três horas e quinze minutos, uma noite inteira. O braço peludo do pedreiro subindo e descendo pela parede. De repente, o pincel descansa solitário por um tempo na borda do galão de tinta. Pelo buraco da fechadura, vejo-os balançando em cima da cama e, mesmo que tape os ouvidos, ainda ouço o gemido simétrico das molas.

Quando os reparos da casa terminaram, mamãe foi embora. O lado dela no armário ficou vazio. Tudo tinha cheiro de tinta látex e solvente. Papai, feito um zumbi, vagando pela casa de robe, a barba de dias. Papai imerso no jornal, ocultando seu coração apertado sob os lençóis de papel. O órgão paralisado no próprio golpe. Agora mamãe é uma *mamãe-visita*. Vem aqui muito de vez em quando, deixa recados para mim. Eu a espero penteadinha, o cabelo trançado, como ela gosta. Lustro os sapatos. Fico meia hora esperando, vou até a porta dar uma espiada. Cai a tarde, ela não chega. Meu cabelo despenteia, o brilho do calçado se apaga. Liga no dia seguinte, *ah, não deu, sabe, estou muito ocupada, talvez na próxima semana*. Desligo. Fico olhando pela janela.

Mamãe passou a lavar o cabelo com detergente, está com as mãos ásperas, os olhos caídos. Parou de maquiar o canto dos olhos. Já não grita, faz tempo que não fica doente. Seu rosto mudou de expressão, parece muito cansada. Dou-lhe de presente uma blusa que comprei com minha mesada. Chora quando a recebe. Veste sempre a mesma roupa. Anda meio mancando, com uns sapatos de solado gasto. Sua figura majestosa vai se tornando frágil, consumindo-se, apagando-se. Agora mamãe me sorri com uma boca de dentes saltados e molares de ouro. Vive distante, em outro mundo. Uma nova ruga espreita entre as sobrancelhas. E olha de um jeito diferente, de outro modo; quase não me olha.

Minha vida em uma sacola de supermercado

Meses mais tarde, mamãe toca a campainha e fica um tempão falando com papai através da grade. Conversam com calma, sem gritos, com distanciamento. Observo-os pela cortina de tule da janela. Ele entra, e eu me afasto das cortinas, que ficam esvoaçando. Diz que mamãe precisa de mim, que eu tenho de ir morar com ela por um tempo. Pega uma muda de roupa e os meus cadernos, põe tudo numa sacola de supermercado. Saio meio adormecida, não consigo olhar papai. Eles se despedem formalmente. Ando várias quadras de mãos dadas com ela, com o volume batendo em minhas pernas.

Nessa casa, encontro meus irmãos. Eles dividem um beliche num quarto pequeno. Como não há mais espaço, tenho de dormir com mamãe. Me trocam de escola, e agora estudo no período da tarde. Chego em casa quando já escureceu, depois de vagar por praças com balanços enferrujados. Tenho de fazer a lição de casa na cozinha quando mamãe recebe seu amigo em nosso dormitório. Assim que ouço o rangido da porta, subo e espero aquele homem terminar de se vestir no corredor enquanto maldiz minha mãe. *Cadela dos infernos*, diz entre dentes o jovem magrelo que há um tempo vem visitá-la. Ele desce a escada meio aos tropicões e bate a porta com força ao sair. Encontro minha cama revirada, o quarto impregnado de um cheiro forte. Mamãe está no banheiro removendo a maquiagem. Enfio-me nos lençóis com nojo desse odor e dessa temperatura alheia.

    Apalpo a distância que se instalou entre mim e meus irmãos. Nossos horários invertidos dificultam qualquer encontro no dia a dia. É estranho viver de novo sob o mesmo teto. Sinto-me deslocada. Os espaços já estão delimitados, e o meu é nebuloso. Sei que deveríamos falar dessa representação falida. O jogo de trocas e substituições, de encarnar o outro que nos vê, pagando uma prenda mais cruel do que a que imaginávamos. Mas ninguém se anima. O fio suspenso continua tensionado. Gostaria também de perguntar a Davor e Adela sobre aquele homem que sobe ao andar de cima quase todo dia. Mas nem sequer o menciono. Quando ele toca a campainha lá pelas oito da noite, os dois saem e eu fico sozinha. Acomodo-me à grande mesa da cozinha com meus cadernos abertos, esperando o passo dilatado das horas.

Agora papai virou um passeio de domingo. Ele fica me esperando, mais abatido, em seu velho terno, para lá do limite do jardim. Passamos o dia dando voltas pela cidade, sem rumo fixo. Almoçamos uma comida oleosa no banco de um parque. Ele resolve dormir deitado na grama, e eu brinco com algumas crianças que não conheço, amigos improvisados para a ocasião. Os sapatos me incomodam, meus pés incham de tanto andar. Assim que escurece, peço que papai me deixe em casa. Nos despedimos, até a próxima semana; não tenho vontade de que essas saídas se repitam. E não acontecem mais, porque papai é transferido para outra cidade. Quando me dá a notícia, sinto uma mistura de alívio e pena. Combinamos que irei visitá-lo em seu novo destino nas férias. Olho o calendário. Os meses parecem blocos de dias que se reproduzem sem cessar. Falta muito para chegar essa data anotada na margem da agenda. Marco-a com um círculo para tê-la como meta no horizonte.

Viagem com camisa de força

Mamãe olha para nós muito de cima, sorri de um lugar muito distante. Contempla os três sem nos ver. Já a surpreendemos várias vezes agindo sob o impulso de suas mãos trêmulas, enfiando um frasco de comprimidos goela abaixo. Escondemos os frascos que encontramos no armarinho de remédios. Mas ela sempre consegue, aos gritos, que algum de nós revele o esconderijo.

A imagem se funde em branco no dia em que encontramos mamãe estendida na calçada entre sapatos e vozes, o cabelo úmido, olhos abertos. Os longos minutos de espera depois de chamarmos o resgate. A sirene da ambulância, que soa diferente quando você ouve na porta de sua casa, e a maca que desliza sobre a calçada. Os três estamos de mãos dadas, parados junto à grade, olhando o veículo partir com nossa mãe dentro.

Mamãe em coma, conectada a uns tubos, no quarto de uma velha clínica. Mamãe dormindo um longo sono, com tornozelos e pulsos atados. Viajando para longe, sem outra bagagem senão uma camisa de força. Ela ressuscita, enquanto morremos de fome. Desperta de um sonho em fragmentos que se encaixam trôpegos à continuidade do agora. Olha para nós de cima de sua cama alta, rodeada de barras, com lençóis engomados, bordados com as iniciais do estabelecimento. Pausas quebradas, refeitas e disfarçadas compõem-se em sua nova consciência. Os episódios se amontoam sob suas pálpebras. Quando ela acorda, adquirem uma terceira dimensão. Caminhamos pelos assépticos corredores do hospital até achar o quarto 503, que é uma cova escura na qual temos receio de entrar. Quem jaz nessa cama não é mamãe. É uma mulher parecida, mas com a cara inchada e disforme, e que se alimenta por uma sonda injetada na veia. Quando puxam as cortinas, vejo que seu corpo é um saco de ossos irregulares, coberto por uma pele azulada e rachada. Uma pulseira de papel com seu nome dança em seu pulso direito. Tem as faces encovadas, os olhos fechados. Um monitor que reproduz as batidas de seu coração, com linhas que sobem e descem, é a única coisa que nos prova que está viva.

Depois de vários dias, mamãe balbucia algo, estamos só nós duas. Observo-a da beirada da cama. Presto atenção a essa tentativa, a essas frases em botão. Finalmente, a voz sai.

— Água... Adela...

— Mamãe... sou eu, Tamara — digo, e aproximo o copo de seus lábios semiabertos inclinando o líquido.

Para e me olha, mas não me reconhece, e toma toda a água de um só gole. Fecha os olhos, volta a dormir. Saio desesperada procurando a enfermeira. Por um instante, imagino que mamãe morreu. O médico explica que mamãe está se recuperando, mas que ela não se lembra dos últimos quinze anos. Não chego, portanto, a fazer parte de suas lembranças; fico à margem de sua memória.

Não entro na memória de mamãe

Mamãe prepara café logo cedo, para dois. Beija a testa de Adela e Davor quando saem de casa. Arruma duas camas, enche duas vezes seguidas a banheira. Abraça um filho de cada lado. Da sacada, vigia com os olhos as figuras em movimento. Uma mão, a outra, para atravessar a rua. Fico solta nessa fileira, segurando a mão de minha irmã. Um segredinho à direita, outro à esquerda. Ambas as pernas para guiar dois caminhos. Duas lágrimas escorrem por seu rosto quando vê seus filhos dormindo. Desconhece a menina que jaz ao seu lado, que a persegue pela casa puxando seu vestido e repetindo seu nome. Não consegue me incluir em seu carinho duplo.

Não quero vê-la repetir a pergunta: *Quem é essa, deitada tão perto, com sua nudez e seu cabelo despenteado?* Mamãe não chega ao meu centro, mal percorre minhas bordas, roça a superfície. Estendo-me como um atlas insondável para ela. Um par de pratos quentes nos espera à volta da escola. Meus irmãos não dizem nada, montam em silêncio uma terceira porção no pratinho do pão. Almoço num canto da mesa. E, por um momento, tenho vontade de enterrar esse canto do móvel em meu abdome.

Outro dia, entro em casa com meus irmãos. Paro antes para amarrar o sapato e fico um pouco para trás. Quando chego à porta que os dois acabaram de cruzar, ela é fechada na minha cara e me deixa para fora. Consigo ver mamãe, seu sorriso de boas-vindas, seu braço girando a chave. Seu mundo é um triângulo perfeito, não um quadrado irregular. Sou a aresta que não encaixa nessa forma geométrica. Para mamãe, passei a ser uma lacuna em seu cérebro, um buraco negro que, dentro dela, absorve minha lembrança.

Pouco a pouco, vou ficando sem pertences. Desaparece a escova de dentes, o travesseiro, o meu espaço no armário. Um dia, ela dá minha jaqueta de presente, porque diz que não serve em nenhum de seus filhos. Meus irmãos não dizem nada; me emprestam suas jaquetas, que ficam muito folgadas em mim. Tentam ocultar os equívocos, criando um terceiro prato com seus pedaços de frango que compõem uma porção inédita. Ou, então, deixam de jogar fora a água da segunda banheira para a minha vez do banho. Mergulho nessa água morna e turva, apoiando meu braço na borda áspera.

Decido ir até a nova cidade onde papai mora agora. Recolho minhas coisas da mesa. Empacoto tudo na mesma bolsa de náilon com a qual cheguei a essa casa. Seguro firme as alças. Parto sem ninguém perceber, vestida com o uniforme da escola. Fico na ponta dos pés para espiar pelo olho mágico da porta; a rua ampla e solitária me espera. Empreendo minha primeira viagem sem data de regresso.

Segundo Ato

Em turnê permanente

O teatro foi se esvaziando. Meus irmãos de turnê montaram a própria peça em outros cenários. Fiquei aguardando a plateia seguinte para representar uma obra com novos personagens. É um texto que ainda está sendo escrito. Ainda não tem trama nem personagens, nem as rubricas definitivas. Continuei ensaiando sozinha minhas falas. Fui muda, cega, caolha, até vislumbrar as zonas danificadas. Meus pais se apoiaram um de costas para o outro e mergulharam em um monólogo esperando o fim do século.

A passagem do tempo é uma ilusão, um horizonte que emoldura uma cronologia de marcas. Encarno a fala de meu pai, do pai de meu pai, de minha mãe. Três figuras humanas reunidas em um só corpo gigantesco, um dragão de três cabeças. Nossos olhos percorrem a extensão das escamas, emendando um sonho no outro. É assim que se encadeia a solidão. Vou me descobrindo no olhar dos outros, configurando o que está fora com o filtro da minha história. Secciono o passado em golpes secos que são devolvidos como bumerangues ao meu presente. Deixo todos os meus projetos a meio caminho, avanço sem olhar para trás.

Detenho-me na paisagem que vejo em minha pupila, para indagar minha própria personagem. Sombras, figuras de abandono, perfis entreabertos por luzes, homens sem pernas, mulheres com crostas nos braços. As diferentes imagens começam a se mover até se confundir numa mancha que viaja pelo céu do meu olhar. Fecho os olhos. Meu rosto flutua no espelho. Percorro as espinhas da testa, distingo tênues veias azuis sob a pele. O relevo das minhas maçãs do rosto e seus contornos curvos. As figuras da minha retina começam a se incendiar. Ponho minha mão sobre o espelho. Emito um som agudo e entrecortado.

Toda manhã reproduzo o roteiro dos meus sonhos em um caderno de folhas grossas. Personagens nebulosos falam e desaparecem, cruzam-se sem se conhecer na vida real.

Sussurram-me mensagens ao ouvido, perseguem-me, abandonam-me. Sonâmbula, atravesso um território desértico de braços abertos. Sou sonhada por imagens repetitivas em branco e preto que se encadeiam como elos de toda uma história. Elas deslizam por regiões subterrâneas até sair flutuando, toda noite. Um automóvel estaciona em frente à minha casa; não vejo ninguém dentro e subo. Os olhos me pesam, uma camada translúcida recobre meu olhar e deixa a realidade borrada. Três amantes deitam sob os mesmos lençóis. O carro acaba dando ré em linha reta pela minha rua. Uma mesa posta, as mulheres sentam, esperam homens que nunca chegam. Há compromissos anotados em minha agenda. Estou a caminho de um lugar, mas não chego ao destino. Casais que estão em camas reviradas e não podem fazer sexo. Um campo desolado e rachado onde há pessoas eletrocutadas, membros feridos, banheiros com sangue.

Mantenho os olhos semicerrados até me acostumar à escuridão, à penumbra desse teatro. Removo o tapete mudo de lobo achatado que jaz ali desde o primeiro ato. Também giro a cabeça das estátuas de pedra. Declamo no cenário, ouço assobios, depois sou ovacionada. No meio das poltronas, distingo alguns rostos que não vejo há muito tempo. Adela está sentada de pernas cruzadas no corredor atapetado. Davor apoia as pernas no encosto de couro do sofá. Perto da porta de saída, vislumbro a silhueta do pintor. Mamãe está de costas para o palco. Reparo em sua cabeleira, em seus ombros estreitos. Fico nervosa, esqueço minha fala, o ponto sopra minhas intervenções. Olho de novo, foram embora. Não sei se gosto da minha personagem, mas não é a mais bem resolvida desse drama. Estreio no papel que me foi dado. A instrução: olhar melancólico e um pouco distante; coadjuvante. Reviso o texto dessa tragédia, dessa comédia. Ensaio os diálogos que me comovem. Com os demais personagens, não travo diálogo, mas nossos corpos roçam uns nos outros, se arrepiam. Meu braço termina em outro ombro. Alguém me envolve pelo pescoço, beija a ponta do meu pé, tamborila seu dedo no meu abdome. Todos temos o olhar fixo, distante, absortos em nosso próprio papel.

Sessão entre quatro paredes

Falo de minha mãe. Multipliquei as duas paredes do útero pelas quatro do consultório. Minha voz entrecortada emana do fundo do assento. Meu prolongado silêncio me permite ouvir o murmúrio dos ponteiros do relógio que só minha terapeuta consegue enxergar. As palavras saem de mim aos borbotões, ficam suspensas no ar. Tento montar o quebra-cabeça da minha história, afundada em um sofá verde-musgo. Uma peça e outra que vou revelando entre frases soltas, sílabas inacabadas, afonias involuntárias. Ela aprende a ler meus gestos, meus olhares, a entonação da minha voz, minhas rupturas. Ouço minha própria elocução como algo longínquo; meu relato se converte em uma reza monocórdica.

Duas vezes por semana, suspendo tudo o que me cabe viver. Minha infância começa a me povoar, a me invadir de ausências, deixa pouco espaço para eu viver o presente. A toda hora, brotam cenas omitidas: minha mãe e o gesto de sua mão me afastando. Cito as frases que mamãe pronunciava enquanto se maquiava no espelho ou varria a cozinha, ou quando dançávamos na sala. *Contei que seu pai saiu com outra? Que faz tempo que não me toca, que tem muitas amigas?* Tapo os ouvidos quando estou sentada no ônibus e aparecem os gritos de mamãe como um eco em minha mente... *Vá embora, me deixe sozinha, você é um déspota.* Abro um livro para pensar em outra coisa e emerge a conversa ao telefone que eu não devia ter escutado. Aquela voz grave dizendo a mamãe para se encontrarem às nove no lugar de sempre. Viro a página, retrocedi ao verão anterior quando papai bateu nas pernas dela com a antena de TV. Volto ao presente e distingo o nome da rua que acabamos de cruzar. Desço no ponto seguinte. Seguro firme no corrimão. Tenho compromissos marcados com pessoas, chego atrasada a esses encontros. Sempre minha sombra andando em direção ao edifício e guiada pela luz do meio-dia. Vejo-me em ruas movimentadas, trancada em sótãos, debaixo d'água.

Não suporto que a terapeuta insista todas as vezes na mesma cena: eu apoiada na janela e contando carros enquanto mamãe está trancada com o pedreiro na sala. As frases dela me doem. Ela me faz bater de frente com meus abandonos, minhas misérias. Saio vagando, sem noção de coordenadas. Fico andando horas sem rumo. Começo a não saber de que maneira dar início às sessões. A mente fica em branco como na prova de matemática. Sinto a vertigem dos redemoinhos produzidos pelas rodas das bicicletas dos meninos do bairro. Os raios girando até se converter em uma superfície lisa e metálica. O corpo da minha vizinha balançando ao ritmo do pedalar e seu cabelo esvoaçante. Brilham as peças de alumínio. As risadas dobram a esquina. E essas risadas se amplificam e zombam de mim. Ando por essa rua todas as terças e quintas. Uma luz me ofusca e deixa tudo branco. Não quero falar de mais nada. Não consigo. Cruzo o portão. Aperto a campainha do consultório.

Em uma das sessões, falo da enfermidade de mamãe e de seu esquecimento de mim. Falo com calma, arrasto as palavras pelo passado até ir montando a cena do hospital: sua impossibilidade de dizer meu nome, o diagnóstico dos médicos. Falo dessa sombra que eu era para minha mãe. Desse fantasma que não tinha lugar à mesa, nem espaço no armário. A silhueta que ficava para lá da porta, fora de casa. O pesadelo de dois em dois. O ponto cego de um triângulo — ela, Adela e Davor — que, na realidade, era um quadrado amorfo. Percebo que a terapeuta passa rapidamente a mão pelo canto dos olhos. Continuo falando como se não fosse nada. Narro isso como se tivesse acontecido ontem, mas já se passaram muitos anos e ainda não voltei a ver minha mãe.

Penso: tenho duas mães. Uma contém meu presente — outra forma de passado — e esboça o que vem. A outra, um buraco negro, é só esquecimento e vagueia por cantos desgastados. Gostaria de nascer de novo e que, dessa vez, a terapeuta fosse minha mãe. Prometo ser um bebê tranquilo, não nadar contra a corrente, acomodar meu corpo à curvatura do abdome, não enrolar o cordão umbilical em volta do meu pescoço. Vou zelar pela serenidade das águas desse oceano para que não lhe causem náuseas. Impedirei que as ondas subam até sua boca. Dormirei na transversal quando houver mar bravio. Meu pequeno corpo será uma nave encalhada no fundo abissal. Se a senhora me iluminar, nascerei com outra estrela. Se me oferecer sua matriz, vou poder escolher minha personagem. Deixe-me nascer de novo e serei livre. Não vou exigir cuidados especiais porque já caminhei por este lugar: conheço as regras, sei quando é noite, onde está o mal.

Então me calo, olho o relógio, levanto do sofá. A sessão terminou.

Mar adentro

Tenho o grito das gaivotas e o rumor da praia gravados em meus ouvidos. Depois que saí da casa de mamãe, morei com papai em uma cidade à beira-mar. Era um pequeno quarto e sala dentro de uma residência de família. A dona cuidava de lavar nossa roupa e nos emprestava o telefone. Dormíamos com a luz acesa. Papai dizia *Não apague a luz senão as árvores negras entram.* Um fogareiro servia para esquentar sopas. No inverno, vazava água do teto e tínhamos caçarolas e plásticos espalhados pelo piso. Na metade do mês, cortavam a energia e eu fazia a lição de casa à luz de velas. Sim, as árvores negras entravam pela janela. Sempre chegava correspondência urgente dos bancos notificando atraso de pagamento. Precisava atender os cobradores que apareciam de surpresa ou me interrogavam por telefone. Inventava viagens repentinas de meu pai, recados que havia esquecido de dar.

O emissário do banco era distinto, acho que o aguardei algumas vezes com certa ansiedade nas datas de vencimento. Era magro, olhos esquivos; usava um chapéu de feltro. Cada vez que vinha, eu procurava esticar a conversa. Espiava-o nervosa pelo olho mágico. E, antes de abrir a porta, ajeitava o cabelo. Achava encantador o seu jeito de abrir a valise para tirar os documentos — geralmente comprovantes de visita — que pedia para eu assinar. Eu fazia um desenho qualquer, um coração, uma estrela, uma flor. Ele balançava a cabeça e sorria. Sua colônia ficava flutuando dias no ambiente. Uma vez, quando abri a porta, ele me olhou de um jeito diferente. Como sempre, convidei-o a entrar.

— Quer tomar alguma coisa?

Fui até a cozinha e voltei com uma taça de vinho.

— Está cansado, não é?

Não falou nada e limpou a boca no ombro da jaqueta. Olhava para mim pela estreita faixa entre o líquido bordô e a borda da taça. Depois, inclinou a taça nos lábios por um longo tempo. Bebia em goles densos e sonoros. Sentei com as pernas juntas, olhando para o chão, comecei a mexer os dedos dentro dos sapatos. Deixou a taça na mesa e limpou a boca com as costas da mão. Me agarrou pela cintura e senti seu hálito avinagrado; logo suas mãos ásperas subiram pelas minhas pernas. A taça entornou no chão. Ele explorando-me com urgência, sussurrando palavras no meu ouvido, abrindo caminho em mim. Acomodou meus calcanhares nos seus ombros. Eu suspensa nas investidas. Pressiono minha língua contra o céu da boca, não digo o que tenho de dizer. (Precisa sacudir os quadris tão forte assim?) Fechei os olhos. Tinha quinze anos.

Papai dava aula na universidade regional. Saía à rua com a barra da calça desfeita. Voltava à tarde com a braguilha distraidamente aberta. Passava longas horas lendo o jornal. Eu mergulhava nos livros, tinha amigas imaginárias, preenchia sem cessar o caderno de folhas grossas. Sempre estávamos nos escondendo de alguma coisa. Não podia convidar amigas para vir em casa, nem dar o endereço. Quando escurecia, saíamos para um passeio pelo litoral, percorrendo em silêncio várias quadras com a vista grudada no chão. Lembro com mal-estar dos meus aniversários. Muitas vezes, precisei lembrar papai antes que o dia terminasse. Nunca havia dinheiro para ele me dar um presente. Nessas datas, sentia muita saudade de mamãe e de meus irmãos. Esperava em vão receber deles uma ligação ou um cartão. Tinha só umas duas amigas para as quais inventei uma história diferente da minha vida. Minha mãe havia morrido depois de uma longa doença e meus irmãos moravam em outra cidade com minha avó. E mais mentiras. Todas as que fossem necessárias para encobrir minha biografia.

Um dia, papai desenterrou postais antigos, escritos no verso com letra miúda e tinta escorrida. Colou na parede essas imagens de ilhas, cidades de pedra, ruas atravessadas por bondes, um campanário, o aqueduto. Desde então, havia um entardecer de verão que iluminava dia e noite a parede cinzenta do seu quarto. Após o golpe do sonífero cotidiano, sei que ele caminhava sob a chuva pela praça de azulejos turquesa, localizada diante de sua cama.

Eram os postais que seu irmão gêmeo lhe enviava. Nunca comentara a sua existência. Ainda mora em seu país de origem, naquele outro continente. Apesar de formado em direito, atualmente é guia turístico de um mausoléu. Sonha com príncipes, come uma vez ao dia. Só o conheço por fotos, é igual a papai, mas em versão magra. De vez em quando, chegam seus postais, que falam de conhecidos, familiares distantes, da difícil situação do lugar. Sempre cobra papai quanto a assuntos difusos, todas as suas cartas têm sinais de cifrão. Papai não respondia. Mas eu notava o estado de perturbação em que ficava depois de receber notícias dele.

Quando completei dezoito anos, recebi a primeira carta de meu tio. Dava-me os parabéns pela maioridade e incluía uma lista de dívidas familiares. Eu pensava nele e achava que, por viver em uma ilha, também ele devia olhar o mar como eu, todas as tardes. Em suas cartas posteriores, contava das sombras do século passado que roçavam seu ombro. Que falava cinco idiomas. Que pagava o aluguel de um quarto pequeno com as moedas que os turistas lhe davam. Que era expulso de todos os lugares. Mas que nada lhe importava, contanto que não andasse descalço.

Migrações em círculos

Papai envelhecia, eu não podia detê-lo. Notei sua idade avançada e a iminente decadência quando começou a assistir a programas de humor que antes detestava, afundado na poltrona e com a TV no volume máximo.

Muitas vezes, quis obrigá-lo a falar. Estive a ponto de esconder o jornal debaixo do qual se escudava. Meu desejo era simplesmente tomá-lo de suas mãos e confrontá-lo, ou desligar a TV, parar na frente dele e abordá-lo sem desculpas. Perguntar se era feliz, se ainda lhe doía que mamãe o tivesse abandonado por outro homem. Se sentia falta do irmão gêmeo. Por que havia tanto rancor entre os dois. Se podia me contar algum de seus segredos de infância. Por exemplo, o que havia acontecido depois da tarde em que os soldados levaram seu pai embora. Ou quando lhe comunicaram a morte dele. Mas nunca me atrevi a tirar-lhe a máscara que usava. Tinha receio de ouvir suas respostas e ter de lidar com sua dor gigante.

Nessa época, saí da escola e fui estudar em uma cidade distante, para realizar estudos em uma instituição que reunia meu gosto por cadernos de vida e leituras. Um território no qual não entrava o olhar de meus pais. O caderno azul no qual uma vez fundei minha pátria exigia que eu cruzasse outra fronteira. Naquele tempo, minhas ideias apenas resvalavam suas comissuras. As palavras ainda não se articulavam nesses seres que imaginei obsessivamente cegos sobre o palco. Queria fazê-los falar por meio de seus corpos e do meu. Tentava dar voz às estátuas de pedra e ao tapete de lobo achatado do primeiro ato.

Empacotei os cadernos, cheios de anotações, alguns livros. Consegui uma bolsa para bancar os estudos. Poderia visitar papai uma vez por mês e acompanhar sua deterioração de trinta em trinta dias. Naquela manhã, antes de partir, papai me pediu, com a voz embargada, que lesse o jornal para ele. Comecei a enunciar em voz alta a manchete principal: "Avanço reformista após a eleição". Contemplo seus olhos úmidos. A página seguinte era encabeçada por "Balanço negativo para a economia internacional". Papai começa a se recompor. Aponta para baixo, à direita, eu leio: "Protestantes radicais boicotam a primeira sessão do governo". Meus olhos passeiam rapidamente pelo cômodo, e ele continua juntando forças. Prossigo, no canto inferior esquerdo: "Novos achados na Operação Oceano". Olho para ele, que diz para eu continuar. Leio a previsão do tempo: "Parcialmente nublado, mínima de treze graus". Quero pular uma notícia, mas ele contrai a mão em um punho que, sem encostar em mim, me agride. As letras da notícia crescem, tornam-se maiúsculas e leio: PACTO DE SOBERANIA OSCILA. TROPAS SE ALINHAM NA FRONTEIRA. PAÍS ENTRA EM GUERRA CIVIL. Ficamos em silêncio. Uma nova guerra está a ponto de eclodir em seu país de origem. Muitas cinzas já foram espalhadas naquela terra. O século começa e termina na cidade de papai. Sei disso pelas imagens do noticiário, pelas manchetes dos jornais, pelos telegramas de última hora.

É hora de partir. Papai me abraça e segura firme minha mão. Pela pressão que exerce nela, lembro que já foi um homem forte. Sem saber, eu desenhava agora um caminho que me levaria a fazer migrações em círculos. Voltar por etapas à minha cidade da infância, à minha cidade da juventude, a cada espaço em que me detive. Minha personagem ganha força, conto um, dois, três, quatro, sei prender o ar. Basta de ficar nas poltronas, não quero voltar a me afundar nelas e deixar que tudo aconteça. Saio para ocupar um cenário próprio.

Desordem de sapatos

No primeiro dia de aula, um homem envolto por um casaco comprido me olha de relance. Tem estatura mediana, rosto anguloso, sobrancelhas arqueadas. Me entrega um papel dobrado, sem dizer nada. Abro-o, deparo com um texto com imagens e uma frase final: *Tenho um buraco no peito*. Não volto a vê-lo durante semanas. Tento descobrir seu nome falando com os doze colegas da classe. Uma moça morena de cílios longos sabe o nome dele. Sofía me pergunta por que quero saber. *Curiosidade*. Soletro bem a palavra, ocultando uma intuição que é fácil de captar. Ela me sussurra o nome ao ouvido: Franz. De novo, encontro-o no meio do pátio. Aproxima-se de mim. Identifico as consonâncias que nos procuram. O sol multiplica um bando de insetos sobre a minha cabeça febril. Percorro o pátio da faculdade para fugir da certeza que se assenta. Seu olhar é uma linha acinzentada que marca novos umbrais, esboça um futuro desejo. Há uma ânsia de solidão idêntica, quero simultaneamente que me ame e não me ame, que me chame e que me esqueça. Isto é, assim se sente, havia lido isso tantas vezes.

— Vamos para a sombra, não estou me sentindo muito bem — digo.

Ele me segue. Guio-o por caminhos estreitos. Sentamos sob uma árvore. Sua figura se interpõe aos raios de luz filtrados pela ramagem. É um corpo difuso que avança com seu manto de escuridão e se fecha sobre mim. Conversamos a tarde inteira. Chega Marcos, seu melhor amigo. Não diz nada, apenas me olha; sei que me mede. Chegam Felipe e Jaime. Falamos sobre livros, as próximas leituras. Sofía fuma um cigarro com a gente e vai embora. Ficamos Franz e eu. Ele me chama para descer em círculos ao seu fundo, até vislumbrar pontos cegos. O silêncio conservava em nosso encontro o benefício do acontecimento fortuito. Era a cumplicidade requerida. Reparamos na cicatriz que há sobre o tronco, dois nomes. Passo os dedos pela ranhura, e meu antebraço se enche de formigas que ele sacode. Quando começa a esfriar, me convida a ir ao seu apartamento. Prepara um chá para mim e me agasalha com uma malha de lã enorme, que sinto como uma camisa de força. Mas me entrego, sem opor resistência, a esse homem que esboça limites confusos. É incapaz de narrar seu passado, alinhavar cidades e pessoas. Há poucos móveis, só uma cadeira junto à janela. Dorme sem cortinas em uma cama desarrumada. O dia termina com uma desordem de sapatos junto à porta.

Começou pelas costas.

Seus dedos deslizam pungentes até o sacro. Esfrega meus pés contra os seus. Seu corpo firme e liso me escala. Suas mãos por baixo da minha malha afrouxam os nós formados por muitas horas sentada em banquinhos precários. Giro. Seu cabelo cheio de fumaça cai sobre minha boca entreaberta. Estou vestida; suas pernas e braços contornam os meus sobre as cobertas. Depois de contornar meus lábios com sua saliva, me libera das mantas e da roupa.

Desce lentamente o zíper da saia e enumera minhas costelas. Acaricia a marca deixada pela cinta-liga em minhas pernas. Estou imóvel, sem peso, como a sombra que se projeta em mim. Me detém toda vez que rompo minha quietude para tocá-lo. Agora me percorre com a língua, socavando meu umbigo. Seu torso se torna distante, a ponto de se transformar na paisagem do aposento. Meus punhos estão fechados enquanto deixo-o vagar pela cavidade da minha boca. Sua língua é o coador de sabores inéditos. Seu corpo produz um leve murmúrio, uma frase, ao se esfregar contra o meu. Fecho os olhos. Sei que verá em meu corpo as coisas que aconteceram comigo.

Rompo a quietude. Uma onda de sensações me leva a apalpar o relevo dos músculos. Quanto mais o abraço, mais retrocede. O zumbido dos corpos se intensifica. Um golpe elétrico no sangue infla as veias como fios azuis. As formas se dobram. Um novo volume se condensa e explode na cama. Fazemo-nos mais espessos. Meus ossos se expandem para contrapesar esse andaime que é montado. Vislumbro uma fração de fuga, e meus braços se fazem fortes para evitar o colapso dessa figura. Um minuto morto. Ao longe, reconheço seu contorno. Jaz na extensão da cama. Acaricio a curva de seu crânio e trago sua cabeça para o meu peito. Brinco com meu dedo na saliva de sua boca, passo o dedo pelo cabelo, que então se tinge de tabaco. Noto o arco de suas costas quando enterra seu nariz no perfume do meu pulso; me pergunto como um corpo tão difuso conseguiu me salvar.

Campos minados

Franz apareceu na minha vida para ficar de uma maneira vaga. Resvalava em mim enquanto se perdia em sua solidão. Outras mulheres, Sofía. Nunca deixei que me acompanhasse em minhas viagens de visita à casa de papai, mesmo sabendo que, em minha ausência, dormiria com amantes temporárias. Uma parte de mim não queria que entrasse de vez na minha vida. Intuía a vertigem a que estava me expondo. Ao regressar, ele simulava ordem e necessidade de mim. Esperava-me com fragmentos escolhidos de suas últimas descobertas literárias, para depois lê-los para mim em voz alta. E, por mais que limpasse os cinzeiros e as pontas de cigarro, seu apartamento tinha cheiro de outro tabaco.

— Me fale de sua mãe — disse ele um dia.

Demorei a responder.

— Outro dia — respondi, um tanto afetada.

— Tudo bem. Outro dia — sentenciou.

Naquela noite e nas seguintes, tive pesadelos com mamãe e papai. Sonho que minha mãe tem cinquenta anos e está grávida. Aparece na sala com sua barriga enorme. Adivinho na hora seu estado pelo jeito de andar, pelos olhos. O ultrassom revela que abriga um monstro de três cabeças e orelhas compridas. Abro uma porta, e meu pai está sentado na privada do banheiro que transborda de merda. Cada vez que giro uma maçaneta, surpreendo pessoas na mesma posição. Todas cabisbaixas e afundadas no desaguar dos próprios excrementos. Na sequência, encho uma mala com roupa, bonecas e cartas. Eu a queimo, contemplo a fogueira do meu passado e, quando acaba de se consumir, procuro-o desesperadamente entre as cinzas. Meus pais fazem um aborto em mim, dizem que é um ritual de cura. Seguram o lençol verde que me cobre e sei que não abrigo esse ser. Sangro, e tudo se coagula em pequenos quadrados de geleia escarlate. Uma caixa aberta, um prisma de sentidos. Uma língua esquecida que sussurra decifrações em meus ouvidos. As mensagens de todos os meus sonhos explodem como vidro moído em minha cabeça. Caio incessantemente por uma longa escadaria, percebo os instantes nos quais vou rolando e batendo nos degraus. Quando levanto, tenho os joelhos cobertos de hematomas.

Muitos meses depois, consegui esboçar para Franz uma história vaga e desconexa sobre mamãe. Resvalava em outra fronteira e me sentia perto de um campo minado. Nessa época, começamos a estudar juntos para as provas, a dormir os dois na casa dele. Passávamos horas olhando a cidade do seu sótão. A fileira de luzes, os vidros quebrados, as chaminés tortas. Para lá do parque, um grupo de homens atravessando-o. Os casais se beijando entre as árvores. Sofía sempre nos rondando, desestabilizando nosso equilíbrio precário com seu longo cigarro. A nebulosa de seu tabaco nos envolve, enfraquece, me sufoca; essa nuvem que nos embriaga na sala de aula, na biblioteca, no café da tarde. Fomos submergindo num torvelinho de crises sucessivas: o curso, nós, ele, agora eu. Sentia-me desgastada, à deriva, dispersando energia. E, depois de cada discussão, ele prometia que tudo iria mudar. E eu estendendo os braços em troca de poder apoiar minha cabeça em seu peito.

Esse homem, tirando os "apesar de tudo", os "não obstante", é uma substância de que necessito, mas que, ao mesmo tempo, me enche de sobressaltos. O que eu não suspeitava era a nova interrogação que iria me propor, quando, uma noite, me esperava na cama com outra mulher. Sofía e seus olhos enormes me chamando, apontando para o teto com sua longa piteira. Os dois aguardando minha resposta. Eu, então, preenchendo às pressas o formulário de transferência, a pretexto de concluir o último semestre na sede da universidade; eu, pegando o trem na manhã seguinte com uma bagagem pequena, uma caixa com livros e cadernos. Sentada no vagão, me dei conta de que, de repente, estava me dirigindo à minha cidade de infância.

Ao sair da estação ferroviária, reconheci aqueles ruídos dos meus primeiros tempos, as luzes intermitentes do lugar. Caminhei por muito tempo, desorientada, tentando distinguir o antigo cheiro de fuligem, de sótãos mofados, o ritmo das ruas transitadas, as buzinas dos ônibus que soam como sirenes de navio. Parei exausta numa esquina, fiquei à margem da dança urbana, dessa esteira transportadora que aglomera passos confusos, sapatos anônimos que seguem em distintas direções. Parada naquele pedaço de cidade, não pude deixar de relembrar mamãe.

Mamãe me leva a passear

É essa a rua. Agora estou lembrando. Um dia, mamãe me leva a passear. Caminhamos de mãos dadas, de noite, voltando das compras. Passamos por uma esquina onde há três mulheres. Ela olha para elas de relance, passa ao largo, vira-se para olhar. Cumprimenta-as, elas perguntam por papai. Mamãe responde algo impreciso. Continuamos andando.

— Quem são? — interrogo.
— Amigas de seu pai — responde entre dentes.
— Como se chamam?
— Não sei.

Noto que ela se incomoda com minhas perguntas. Atravessamos a rua. Coloca os óculos escuros.

Em casa, desenho as três mulheres, a esquina que as abriga, a lâmpada de rua que as banha de luz. Dou-lhes nomes: Trichi, Sussi, Virginia. Visito-as, escondida, faço amizade com elas. Perguntam a respeito de mamãe, de papai, se estão dormindo juntos, a que horas ele chega, quantos irmãos somos. Respondo que depende. Somos três ou sou a única. Riem, um riso nervoso. Mostro-lhes o desenho que as representa, gostam de seus nomes de fantasia. Trichi é a mais divertida. A minissaia bate bem no alto das pernas, dá para ver a calcinha rendada. Tem as pálpebras cobertas por um pozinho cintilante. Seu sapato é uma palafita incrustada na calçada. Mastiga um palito de dentes. A blusa deixa transparecer os mamilos escuros de seus seios. De seu pescoço curto e largo, pende um coração de pedra que o pai de sua filha lhe deu de presente.

Começo a me disfarçar como elas, experimento vestidos provocantes, pinto os lábios. Ensaio seus sorrisos luminosos, seu andar curvilíneo. Os quadris se mexem da esquerda para a direita. Fico empinada em cima de uns saltos que são como fiozinhos, rebolo da direita para a esquerda. Fico envergonhada, me sinto poderosa e, depois, frágil.

Seduzo os bonecos da estante, escolho o ursinho de pelúcia amarelo e o pego pelas orelhas lânguidas. Faço uma massagem leve em sua nuca macia, desço por suas costas sem coluna e belisco seu rabo. Simulo com ele um beijo apaixonado. Minha boca fica cheia de felpas. Agarro-o de modo brusco e obrigo seu braço amorfo a se enfiar no meio das minhas pernas. *Venha, não tenha medo.* Ele me olha sem pestanejar. Acaricio o botão de seu nariz. Tento abrir seus lábios selados. *Por que você não relaxa, querido?* Esfrego suas costuras. A etiqueta de uma marca estrangeira explica como lavá-lo. Separo os dois volumes de suas pernas. Que sua boca de ratinho roce meus mamilos. Deslize pelo meu torso nu. Resgato-o de cair no tapete. Seguro-o à altura dos olhos.

— Me beije, menino. Pare de me olhar com esses seus ridículos olhos concêntricos e toque em mim — digo, zangada.

Fico com vontade de ir ao banheiro.

— Você se salvou. Chega de brincar por hoje — murmuro no ouvido dele e o atiro longe.

Ele se estatela contra a parede e cai perto de um canto da janela. Dessa vez não o ajudo. Que se encha de terra.

Uma tarde, papai chega nervoso, transpirando nas têmporas. Respira aliviado quando fica sabendo que mamãe não está em casa. Deita no sofá e sorri de maneira estranha. Liga a TV sem escolher nenhum programa. Aperta várias vezes as teclas do controle remoto. Nenhuma imagem se fixa. Enquanto ele observa a tela, detenho meu olhar em sua orelha. Tem uma mancha. Observo-a de perto, reconheço o lápis labial cor de uva.

— Um beijo de Trichi, não é? — pergunto contendo o riso.

Assume uma atitude violenta e me dá um tapa. É a primeira vez na vida que me toca. Meu rosto arde e incha. Ele corre até o espelho, faz uma inspeção e apaga a pintura no lóbulo com movimentos bruscos. Pede desculpas. Com certo tom de ameaça, pede para eu não contar nada a ninguém. Me passa uma toalha úmida para eu refrescar o rosto. Depois acaricia meu cabelo e pisca um olho. Não digo nada.

A buzina de um carro me acorda. Pego a mala e avanço pela calçada. Dessa vez, antes de chegar ao lugar, pego um táxi. No cruzamento de ruas, abaixo a vista. Sempre há três mulheres em uma esquina.

Homens fragmentados no meio da multidão

Detenho-me e sou tomada por algumas imagens. Os olhos de Sofía, os de Franz, os meus. A fumaceira de tabaco adensando o ambiente. A saia azul de Sofía enredada na calça preta de Franz em cima do encosto da única cadeira do apartamento. A espuma do segredo. Depois de me separar dele, veio uma solidão de três anos. No início, ele me escreveu várias cartas pedindo para voltar. O campo minado agora era um mapa deserto. Nunca respondi.

Nesse tempo, em minha cidade da infância, sou incapaz de reconstruir a lembrança de um homem por inteiro. Vou de um lado a outro para que nada nem ninguém roce em mim. Entrego-me ao jogo do meu próprio corpo, ou com corpos estranhos. Saio para percorrer as ruas à noite. De vez em quando, um lampejo de homem que me custa lembrar; toda imagem se esfuma à beira de outra névoa. Minha promessa é deitar só uma vez com o mesmo homem. Sempre é na casa deles ou em quartos de hotel. Respiro com alívio quando ouço atrás de mim a sórdida batida de porta e o rangido do elevador, depois de apagar minha nudez para aparecer vestida no vão da porta. Quando pedem meu telefone, dou um número errado. Ao chegar em casa, abro as cortinas para deixar a luz velar o negativo da última vítima sobre meu corpo. Jogo fora um papel com um nome e um endereço, tomo um banho de banheira.

Em minhas torpes fugas de suas casas, deixava minha presença dispersa em brincos, presilhas de cabelo e cintos, que esquecia de propósito. Imaginava o prazer que lhes daria tocar, cheirar, olhar esses objetos. Nas noites de solidão, ficariam adormecidos com algumas dessas coisas entre as mãos. E seria só o que restaria de mim, tão concreto e insignificante que me condenaria a um perpétuo mistério. Às vezes, me perguntava como conseguia sobreviver a esse jogo solitário. Só existiam homens fragmentados na minha lembrança. Um nome qualquer, mesclado a um corpo no escuro em uma hora imprecisa. O resto de uma noite, um raio de luz, o número de um quarto, um silêncio matinal, uma porta batendo no fim. Sei do perigo desses indivíduos em meu território. Às vezes, tinha a sensação de avistar algum desses homens na rua, em um café, à saída de algum cinema, e passava ao largo sob seus olhares inquisidores.

É véspera de Ano-Novo. Estou sozinha. Não sei como vim parar nesse lugar cheio de gente que aguarda a chegada da meia-noite. Visto uma blusa de seda que brilha com as luzes intermitentes. Sempre fugi de multidões, permaneço à margem do epicentro dessa festa. Num canto do apartamento, observo os cinzeiros cheios, os móveis fora de lugar e os tapetes enrolados num canto. Forço em mim o ritmo da música que contagia os outros em movimentos livres. Há uma exposição de tecidos macios, de aromas, de peles úmidas, que se misturam aos copos de bebida.

Na pista improvisada, vejo dois casais dançando. Um deles é formado por um rapaz moreno e uma moça ruiva. O outro, por um homem grisalho e uma mulher de cabeleira loira. Seus torsos próximos eletrizam a atmosfera. O rapaz moreno diz alguma coisa ao ouvido de sua companheira de dança. Ela ri jogando o corpo para trás. Em um dos giros, cruzam-se os olhares da moça ruiva e do homem grisalho. Ela, num gesto mais amplo, oferece-lhe as costas descobertas. E então se distancia um pouco de seu par atual e oferece ao homem grisalho seu voluptuoso decote salpicado de mechas vermelhas. Ele, com seu sorriso remoto, aceita o convite. A ruiva então estende as mãos, curva as falanges, gira os pulsos desenhando carícias virtuais. Ele imagina como seria enredar seus dedos naquela cabeleira avermelhada e abundante. Ela molha os lábios e lhe envia um beijo no ar. A loira sacode sua melena sem suspeitar de nada do que se passa às suas costas. Talvez tenha notado apenas que o homem grisalho a abraça com menos força. Ele já havia perdido todo o interesse naquele corpo adjacente e, para ele, não há nada mais excitante que aquela vizinha de olhar atrevido, que gira em paralelo, envolvida com outro homem.

Encosto na parede. Dou um gole de vinho e continuo observando. Começam a desenhar seu futuro encontro. Por sobre os ombros de seus acompanhantes, trocam números de telefone com a mímica dos dedos. Por pudor, para não me ver tentada a registrar esses dígitos, olho para fora da janela. Toca outra música. O homem grisalho finge sussurrar algo no ouvido de sua companheira, que estremece levemente. Mas, na realidade, o que faz é soletrar uma mensagem que a moça ruiva lê em seus lábios. Continuam na coreografia que trança seus corpos desacertados num ritmo cadenciado, num contrapasso cruzado. A música termina, cada casal se dirige a um canto diferente. Em cantos próximos, a ruiva e o homem grisalho celebram um brinde, levantando as taças e fazendo-as tocar no vazio. Ele ergue uma sobrancelha, inclina a cabeça em um *Vamos*, de pergunta e ordem. Ela deixa a resposta no ar movendo suas pupilas pardas de um lado para outro. Finalmente assente com a sombra espessa de suas pálpebras. Ambos pedem licença a seus respectivos parceiros para ir ao banheiro. A moça ruiva levanta primeiro e acaricia o ombro do rapaz moreno. O outro aguarda alguns prudentes minutos. A mulher da cabeleira loiro-acinzentada olha o relógio e lhe diz alguma coisa. Ambos somem pelo corredor. Consigo ver que, no caminho, a moça ruiva cumprimenta alguém. A porta do banheiro se fecha de repente.

Alguém bate uma foto. A luz me ofusca. Sei que vou aparecer olhando para fora dos limites do retrato, deixando registrada minha distância, minha patente solidão. Cumpro meu papel secundário, a maior parte do tempo atrás das bambolinas. Para ter o que fazer, invento a necessidade de encher meu copo. No meio da cozinha, vejo Franz. Abordo-o em silêncio. Me aproximo, rodeando suas costas, reconheço seu cheiro, acaricio sua jaqueta sem que perceba. Tapo os olhos dele, que dá meia-volta, e então ficamos frente a frente. Os primeiros minutos foram de uma interrogação mútua, enquanto à nossa volta ouvíamos acumularem-se copos e pratos sujos. Nossa conversa é alinhavada pela contagem regressiva que os demais entoam.

Enquanto desfaço nosso abraço, olho ao redor. Não vejo a moça ruiva nem o homem grisalho. Mas vejo, sim, a mulher da cabeleira loira, afundada na mesma poltrona. À minha frente, o rapaz moreno. Inclina a taça, me olha fixo, depois suspira ajeitando a mecha de cabelo que lhe cobre a testa. Os olhos de ambos percorrem ansiosos o perímetro do lugar. Acho que vão ter de decifrar o desígnio desse novo ano que começa. Saio da festa com Franz. A noite está fresca e iluminada por fogos de artifício. Dessa vez, acabo memorizando-o, até saber soletrar seu nome sobre cada centímetro de pele.

Volta pingando do chuveiro, tomba em cima de mim. Me cobre de frio. Agora sou eu que estou por cima dele. Minhas pernas à altura de seus quadris. Seus braços grudados ao colchão. Os lençóis orvalhados. Acaricio seus mamilos e ele se contorce. Tem cheiro de sabonete. Suas têmporas palpitam. A respiração inunda de sangue as cartilagens de suas orelhas. Dou golpes suaves sobre seu peito, há um eco. Mergulho em seu cabelo úmido pressionado contra o travesseiro. E, de tanto cavalgar, venço-o em seu próprio desejo. Uma mancha de sal sobre meu ventre. O corpo de Franz é um mapa muito familiar, dobrado nos mesmos lugares, mas um mapa que nunca se desdobra inteiramente. Me animo a cruzar a fronteira.

Um buraco no peito

Depois dessa noite, tento fugir da casa de Franz. O lugar às escuras, meus pés afundando no tapete de lã. Vou tateando até encontrar a cadeira na qual me lembro de ter deixado a roupa. Resgato do encosto a blusa de seda a ponto de deslizar. Olho para ele de relance, ainda dorme. Umedeço os lábios, respiro devagar. Investigo a cavidade das mangas, me introduzo na peça de roupa enquanto sinto roçar em mim as costuras quase imperceptíveis. Vou fechando cada um dos botões nas casas que se abrem como pequenas bocas famintas. Aspiro o cheiro agridoce do sono de Franz, fico um pouco zonza. Investigo entre os lençóis até encontrar minha calcinha de algodão que sobe acariciando os calcanhares, as coxas, o ventre.

Ouço o ronco do primeiro carro que cruza a rua. Estou vestida, ele dorme nu; é a primeira coisa, a única que agora nos separa. Me distraio com a pelagem da gata dando voltas entre minhas pernas, enfiando a ponta do seu rabo na dobra dos meus joelhos. Um sabor amargo adere ao meu céu da boca. Imagino o beijo que lhe daria em sua bochecha áspera. Contenho-me, poderia acordá-lo. Saio do quarto com os sapatos numa mão e a outra tateando a parede gelada.

No vão da porta, não resisto e olho para trás. Ele está me olhando, sorri, me chama, devagar. O calçado cai, rebate no piso de madeira, volto a mergulhar em seu calorzinho. Fico então no interior de seus parênteses.

— Não vá... Tenho um buraco no peito...

Ele me olha com olhos suplicantes e vítreos.

Um buraco no peito, um poço profundo, uma lagoa seca. Perdi a noção do contorno do meu corpo que se funde ao dele, formando novos volumes. Somos uma montanha, uma mesa, uma árvore, um cavalo selvagem, uma estrela. Respiramos fundo, fortemente abraçados, como se algo fosse nos separar. No meio da noite, sinto que Franz me sussurra palavras desconexas, sons circulares ao ouvido. Havia me esquecido por completo de seu polegar, firme na base dos meus quadris, esfregando lentamente meu púbis. Havia me esquecido por completo de seu joelho apoiado no meu, dos pés comprimidos um junto ao outro, das cabeças largadas, próximas demais. No ângulo reto que se forma em seus ombros, apoio minha cabeça. Permanecemos um instante debaixo d'água e, então, voltamos a brotar juntos no sonho. Eu sempre teria ouvido você. Você não podia imaginar a confusão de entrar na corrente dos seus pensamentos. Começamos tudo de novo. De olhos ainda fechados, sua boca suga, morde, deixa cicatrizes.

Acordo com seu cabelo encaracolado beirando meu rosto. Conversamos até o amanhecer, esboçamos saídas, traçamos projetos. Ficamos entusiasmados com a ideia de uma viagem, de empreender juntos um voo sem destino fixo. Uma procissão de nós mesmos, mas com outra paisagem de fundo. Abrimos um mapa e marcamos rotas, cidades, rios.

Não consigo pegar no sono de novo. A manhã entra pela janela; através das cortinas, raios de luz dobram-se no tapete, e, da rua, sobe um ruído.

Sim, é disso que preciso, de que precisamos nós: uma viagem; e para logo, para longe, longa. Olho o calendário. É terça-feira.

Cartas cruzadas

Em cima da mesa da entrada, uma carta. Olho o remetente, é minha irmã. O nome dela, um endereço estranho, outro país. Não sei como me achou, mas a certeza do envelope anula minhas perguntas. Tremendo, desfaço as dobras do papel-manteiga cuidadosamente dobradas. Nesse instante, passa pela minha mente a ideia de jogar fora a missiva e esquecer que a encontrei. Fico recostada na cama com a carta aberta e me deixo levar por sua letra cursiva e simétrica.

Querida Tamara. É você, Adela, não acredito. É a terceira vez que começo a redigir esta carta. Talvez você me escreva para dar alguma má notícia. Está sendo difícil para mim escrever, como certamente está sendo para você me ler agora, mas quero saber de você. Por que demorou tanto para escrever? Neste lugar, o inverno está em seu ponto mais frio. Às vezes, preciso esfregar minha mão para que não congele enquanto escrevo. Bem, aqui é verão, e calculo que, se aqui é de dia, aí é de noite, e talvez você esteja dormindo agora enquanto leio a carta. Leio e vou ouvindo sua voz mais desgastada, um pouco distante.

Desde que paramos de nos ver, aconteceram muitas coisas na minha vida, imagino que na sua também. Casar, viver aqui, ter filhos. Tenho um casal, e estamos planejando uma viagem. Sinto-me culpada por esse afastamento, mas todas as tentativas de encontrar você foram anuladas por mamãe. Não importa, precisamos recuperar o tempo perdido, quero que você escove meu cabelo de novo. Lembro a espera em vão por meus aniversários; a ilusão se desvanecia a cada visita do carteiro que só trazia contas e recibos. Talvez eu pudesse ter feito mais coisas, mas mamãe insistia em dizer que você e seu pai estavam desaparecidos. Diga o que você quer. O que eu quero pedir é que você venha, quero que conheça meus filhos. Quantos filhos você terá? Você vai se surpreender ao ver como a menorzinha é parecida com você. Espero você, preciso vê-la. Eu também. Adela. Tamara.

Respiro fundo e me perco na janela, nas montanhas que ela emoldura. Releio as frases taciturnas, tão próprias da melancolia de minha irmã. É nesse estado que Franz me encontra quando chega em casa. Nesse dia, falo com ele sobre grande parte da minha vida, com todas as impurezas de linguagem. Falo dos meus pais, da minha infância, das verdadeiras razões pelas quais me separei de minha mãe e de meus irmãos. Também conto daquela minha primeira vez aos quinze anos. O emissário do banco entre minhas pernas, nós deslizando pelo sofá. Ele percorrendo minha pele com sua língua áspera, soprando um ar quente em meus tímpanos. Na primeira tentativa, não consegui. Me lembro da minha calcinha presa nos joelhos, ele sentado no sofá com ar contrariado. Voltou na semana seguinte, e acho que aceitei, por vontade, por medo, por curiosidade, por orgulho. Dessa vez, foi mais carinhoso, sussurrou canções, fez tudo devagar: suas mãos, meu vestido, sua calça, meu corpo, seu torso, meus peitos, seu sexo, meu sexo. Movimentos de marionete. Antes de ir embora, me deu um beijo na testa e deixou o comprovante de pagamento na mesa da entrada.

O comunicado seguinte veio pelas mãos de outro representante do banco. Um jovem magrelo com boné institucional. Perguntei, dissimulando o interesse, a respeito do outro homem, e, de maneira vaga, respondeu algo sobre uma solicitação de transferência de zona. Corri até o banheiro. Olhei-me no espelho e me achei feia, desprezível. Meu queixo tremia, os olhos estavam transtornados, as bochechas, coradas. Odiei-me por uns instantes. Nunca havia contado isso a ninguém. Franz me ouve. Sei que, em seu silêncio, junta fatos, me olha de outro ângulo. O som atordoante de antigas preces desgastadas. O conhecimento do outro em zigue-zague.

Pode-se viajar a um destino, a partir de um lugar, em alguém. A viagem aparece como uma válvula de escape. Decidimos antecipar a data de partida.

Mortes em viagem

Abandonamos nossos trabalhos, cada um entregou seu apartamento e vendemos os móveis. Tínhamos apenas alguns mapas-múndi, guias de viagem, um par de malas. Enquanto avançávamos pela rampa, com a passagem na mão e empurrando o carrinho de bagagem, eu me perguntava do que fugíamos. Era a primeira vez que íamos juntos em turnê, acompanhando um ao outro, período integral, em uma caravana de infinitos dias, em que só vislumbrávamos um primeiro destino fixo: a casa de minha irmã.

Optamos por uma viagem de navio, com esse tempo mais pausado. Cruzando latitudes espaçosamente antes de chegar ao destino, verdadeiras escalas, não só de passageiros em trânsito. Queríamos saborear o caminho. Começava a odisseia de nossa relação, essa alternativa de permanecer nômades. Internar-se a uma expedição com passagem de ida, mas sem data de regresso. O barco zarpa, agora nos convertemos em navegantes. O cais se transforma em um pequeno ponto. Apoiados na amurada, assumimos nossa nova condição de navegantes.

Sair para colonizar países que ficam dentro de nós. Estender o mapa nu que somos e deixar que o outro acaricie essa geografia escondida, tão subterrânea. A primeira escala, o encontro com minha irmã. Uma manhã de neblina. Um abraço silencioso no porto. Nas extensas conversas que mantivemos, foram se iluminando os desenhos das paredes interiores de minha mente. Até esse momento, uma caverna na penumbra, repleta de marcas. Precisei verbalizar muitas coisas que havia enterrado sob o signo da mudez. Fomos relembrando episódios e, ao mesmo tempo, contendo a raiva, a tristeza. Longas jornadas nos enfrentando, buscando explicações. A TV vendida no meio do programa. A diretora nos mostrando as mensalidades não pagas. O pedreiro de roupão passeando pela casa. O ruído dos saltos de mamãe afastando-se pela rua. A mancha de vinho no tapete. As garrafas abertas. Os frascos de remédio vazios. Mamãe no hospital, intubada. Os dois lugares à mesa, as duas banheiras, os dois beijos.

A memória aparece como um templo vazio, sustentado por colunas que percorremos de mãos dadas. Às vezes, uma de nós fica presa num dos pilares, rodeando o cilindro, decifrando a mensagem guardada em suas caneluras. Ouve-se o eco de nossos passos por esse vasto território. Por momentos, acabo acreditando que esses fatos que tanto quis esquecer estão ocorrendo pela segunda vez: as discussões noturnas na sala de estar, as mudanças de casa, a venda da TV, o pedreiro pintor, mamãe na clínica. É que não há o que evocar. Nunca esquecemos nada. Não queremos falar mais hoje. Vamos até o seu quarto. Ficamos recostadas em cima da colcha escarlate e ligamos a TV. Começa um filme de terror, como os da nossa infância. Soltamos risadas nervosas. Nas cenas de pânico, ficamos abraçadas, confundindo o antes e o agora, transportadas a dois tempos que ocorrem em simultâneo. Olho-a nos olhos. Vejo que seu rosto de menina se confunde com seu rosto de adulta. Distingo os primeiros cabelos brancos, como fios de cinzas. Ela afasta um cabelo que cai na minha testa e roça minha bochecha. Antes, sua mão era maior; agora, suas palmas casam perfeitamente com as minhas. Um sulco se desenha em sua fronte. Quando apareceram os créditos, fiz a pergunta pendente.

— E Davor?

Demorou para responder.

— Pouco sei dele. Está bem. Constrói casas, projeta edifícios. Mora sozinho. Diz que as mulheres não o amam. Você se surpreenderia se eu dissesse que estamos morando na mesma cidade? — diz ela, sem me olhar nos olhos.

— Não. A gente não se encontrava nem quando morava na mesma casa.

Saiu do quarto. Compreendi que não queria continuar falando do assunto. Fiquei com a imagem de Davor vestindo a peruca com a qual me imitava, enquanto eu chupava uma mecha do meu cabelo e depois desatava a chorar.

Franz e o marido de minha irmã olhavam para nós com curiosidade durante nossos papos intensos. Ficamos tão concentradas em saldar o passado que não consegui tocar no atual mundo de minha irmã. Levei do marido dela apenas uma vaga imagem. Um homem de perfil, enfiado na poltrona, aspirando um cachimbo e exalando fumaça, alternadamente. Emocionou-me ver a filha mais nova dela, tão parecida comigo; fez-me sentir mais próxima, mas seus filhos se fazem mais reais na visão do pátio cheio de brinquedos compartilhados. Soube que havia chegado o dia de ir embora quando sonhei com nós duas, vestidas de noiva, beijando-nos dentro de um táxi. Alguém pergunta se estou bem — que pergunta! —, mas só respondo depois de abrir e fechar outra porta. Acordo. Havia sempre uma inquietude, algo provisório no ar, uma atmosfera de sala de espera. Era hora de emigrar; tínhamos de completar a viagem em vez de ficar a meio caminho. Éramos duas corujas tentando fugir pela noite rumo ao bosque.

Naquela manhã, enquanto tentava tirar a imagem da minha cabeça, falei com Franz.

— Preciso prosseguir viagem — eu disse.

— Quando? — perguntou surpreso.

— Hoje — sentenciei.

Era tamanha a urgência da minha demanda que ele não disse nada e começou a arrumar a mala.

Na manhã antes da partida, Adela escovou meu cabelo. Desatou um laço que eu usava e percorreu meu cabelo da raiz até as pontas. Enquanto avançava com o pente, ia separando mechas, desatando nós. A leveza de suas mãos produzia um zumbido. Era o rumor da infância. Percorria a curva da nuca, meu crânio pequeno, a linha do pescoço. Era uma carícia tênue que massageava minha cabeça, escalava pela minha testa. Repassava as pontas quando tocou o telefone. Deixou meu cabelo ajeitado sobre os ombros.

Prometemos não voltar a falar sobre o passado. Ficou pendente seu atual momento: a família, os filhos, o trabalho de tradutora. Após essa visita, alguma coisa se fechou dentro de mim de modo insondável. As marcas são mais tênues.

Vejo apenas seus pés

No périplo da volta, Franz começou a me parecer um estranho. Constatei o buraco que tinha em seu peito. Aquela sombra de que me falara no início da nossa relação: um túnel que subtraía luz, presente, presença. Fazia pausas, retomava a conversa, cruzávamos ruas. Passávamos juntos muito tempo, e eu só contava, não perguntava nada. Achava que esperava de mim uma resposta. Quando ele comentava algo, eu não conseguia disfarçar o tédio que me causava sua sensibilidade opaca. Oscilava distante, como um personagem secundário em minha trama. Sentia que não era capaz de me englobar. No camarote do navio, comecei a tirar a roupa dando-lhe as costas. Ou então, a passar a noite no convés contemplando as ondas fatigadas do oceano.

Após o encontro com Adela, fiquei à deriva, submersa na minha infância. Quase não percebia a mudança de paisagem, de país, de clima. Todos os lugares visitados tendiam a se confundir, a se parecer. No restante da viagem, Franz não trocou mais de roupa. Incomodava-me esse mal-estar. A monotonia era interrompida por um vislumbre na janela ou pela breve conversa com outro passageiro. Algo se desencaixou, e uma faixa de terra se interpôs entre ambos.

Divisei o túnel e a maneira como percorríamos juntos esse longo corredor.

Depois de três meses de travessia, não chegamos ao destino. Chegaram nossas malas, nossos corpos, mas ficamos flutuando em alguma paragem remota. Não sei qual foi o lugar exato do naufrágio; de repente, irrompeu a tormenta, instalou-se um silêncio infinito. Apesar de chegarmos na mesma data, nossa descida foi postergada. Estávamos vivendo o êxodo de nossa relação. Instalou-se entre nós uma brecha pela qual escapavam nossos sentimentos, a história compartilhada, e tudo ficou desolado. Os carimbos no passaporte eram pequenas mortes registradas.

Agora vejo apenas seus pés. Você repete a mesma fórmula de papai. Oculta-se atrás do jornal aberto. Chego em casa e só vejo o ângulo que me oferecem as suas pernas em cima da mesa; me parece obtuso demais. Você lê o jornal sem expressar o menor gesto de reconhecimento. Esconde-se atrás do lençol de papel, não sei como derrubar esse muro. Deixo a bolsa na cadeira da entrada e ando até suas plantas dos pés nuas, que se estendem como a parede que nos separa. Primeiro avanço como um felino acariciando os móveis, silenciando meus passos no tapete macio. Meus sapatos se enredam em antigos rancores, distâncias e silêncios. Penso que a minha história privada está sendo encoberta por acontecimentos públicos. Detenho-me. Você se mantém impassível. Leio a manchete da crônica: "Petição do magistério é qualificada como inoportuna". Sorrio com a piada do dia. Depois, minha voz emerge e vou cercando sua rotunda mudez com minhas palavras ferinas.

A planta dos seus pés é um mapa que desconheço, cheio de acidentes, cataclismos e estrias. Espreito com meu olho direito por cima do papel. Olho a data no canto do jornal e ela me lembra de que estamos juntos há três anos. Seus pés desabam, seu rosto aparece. O pedaço do pasquim cai balançando lentamente. Durante esses instantes, nos olhamos; a sentença era irrevogável.

Conversa sobre inícios e fins

Quando acordo, ele não está mais. Procuro sua mão entre os lençóis, tento apalpar suas costas, puxo a colcha para encontrar sua estatura mediana. Fico observando minhas pernas. A lembrança de todos os homens que conheci passa ao largo; a de Franz, me atravessa. Penso no abismo que se estende desde a beirada da cama. Com os lábios apoiados na janela, digo-lhe *Vem, volta*. Sei que vou precisar inventar um espaço para ele em minha rotina. Pendurar uma foto dele que resuma todas as minhas vivências. Procurar no mapa o lugar exato do desencontro, as causas de tanto esquecimento.

Algo vai a pique dentro de mim. Sei que, nas manhãs que virão, desejarei que ele amanheça afundado em minha nudez. Imagino-o submerso no silêncio de gesso da manhã, com as órbitas cheias de neblina, os dentes rangendo na canaleta das gengivas. Os soldados se detêm na linha de fogo. Ele se foi, não há trincheira que me defenda desse ataque-surpresa. Pestanejo em brasas. Estão metralhando o centro do meu coração. Um buraco no meu peito. Compreendo que estou no meio de um campo de batalha.

As suas palavras resvalam em mim quando já decidi parar de ouvi-lo. Leque de sons e pausas, lábios se movendo.

Suas cordas vocais articulam gemidos. Rio na sua cara, tapo os ouvidos, olho pela janela. Escolho palavras ao léu, dito o mais incoerente dos discursos. Leio em voz alta os cartazes da rua, os anúncios do jornal. Recito os slogans publicitários. As frases vão se alinhando na folha em branco do caderno como segundos congelados; pequenos desenhos para preencher o tempo dessa longa espera. Como aproximar as rotas bifurcadas, como anular a força centrífuga que nos afasta, estabelecer o ponto equidistante que volte a nos encontrar. Mas parece que não há mais baldeações possíveis.

A última vez que vi Franz foi para uma conversa sobre inícios e fins, em volta da mesa de um café. O barulho da rua, o garçom anotando o pedido, trazendo o café. Você pega o primeiro cigarro. Não conseguimos nos conectar; falo, e você mal me escuta. Os outros clientes passam e levam as cadeiras, pedem açúcar, perguntam as horas. As xícaras, a colher, a fumaça da beberagem, os guardanapos acabam, um conhecido cumprimenta. Não posso tocar você: no meio, uma mesa, duas xícaras, um cinzeiro. Quero dizer alguma coisa, mas o garçom interrompe ao trazer a conta. Quando finalmente consigo olhar nos seus olhos, vejo um barranco e sinto vertigem. Sua pupila é um precipício cinzento, a linha que dá passagem ao abismo.

Pesadelos que chegam ao despertar

Depois que me avisaram da morte de Franz, foram dias e dias com meu telefone tocando em seu quarto vazio.

Agora não saberia definir nossa relação; uma conversa pendente, um final em aberto. Passávamos horas em seu sótão contemplando os vidros quebrados dos vizinhos, as chaminés tortas, adivinhando a vida que transcorria por trás das janelas iluminadas, falando dessa outra superfície que é criada a partir dos tetos irregulares, das telhas fora de lugar, das antenas apontando para o céu. Ou pelas caminhadas pelo parque, olhando os redemoinhos de lixo e folhas, os operários com suas maletas, e decifrando as pegadas gravadas no cascalho. Após a viagem, esse tempo fora de toda cronologia que compartilhamos cruzando fronteiras, invadindo países, navegando mares. Alguma coisa mudou.

O chiado na tubulação de gás ou seu corpo balançando como um vulto suspenso do teto pelo velho varal de roupa. Ou então seus pulsos cortados e mergulhados na água quente. Sobre a borda do lavabo de louça, o metal manchado. Não sei como foi — nunca quis ouvir —, mas você dorme depois do último minuto de lucidez. Gira o botão e escuta seu zumbido até adormecer. Desenha uma linha precisa e funda sobre sua pele. Puxa a corda ou pressiona lentamente o gatilho, manchando os azulejos. Você ainda me fere enquanto durmo, quando olho sua escova de dentes ressequida na beira do copo. Meus ossos se vestem de larvas. Fecho a boca cheia de medo. Dormita no contorno dos meus lábios a certeza de ter perdido você para sempre. Ficou em mim seu grito insonoro explodindo na garganta. Não importa como foi, mas você fecha os olhos. Não se despede. Já não está.

Do ritual de despedida, lembro-me apenas do sol do meio-dia sobre as cabeças. Ao erguer a vista, uma intensa luz solar tingia de branco os blocos de pedra, os caminhos de argila. Não consigo esquecer o gemido das rodas do carro que transportava seu corpo. O rangido que interrompia os passos arrastados dos que caminhávamos por aquela estreita trilha. Aproximei-me de você abrindo espaço entre um monte de corpos suados e atirei um punhado de terra para encher o buraco em seu peito, para tapar o longo túnel que percorremos juntos. Fiquei ali uns instantes olhando a fossa e a terra que desmoronava.

Quando levantei os olhos, sua mãe me encarava fixamente. Acho que perguntava, sem o dizer, como havia sido fazer amor com o filho dela. Mais afastados, os homens passavam um lenço na testa. Reconheci o rosto consternado de alguns colegas de curso. Até divisei de longe Sofía e não senti nada. De tanto puxar minha blusa, de tanto segurar a mim mesma, de repente o tecido rasgou produzindo um som áspero. Alguém me amparou pelas costas a partir desse momento. Caminhei junto desse corpo anônimo e firme até a saída, enquanto você ia ficando para trás, cada vez mais distante. No caminho de volta, fiz uma pira com todas as lembranças suas. Guardei apenas a última imagem nossa, os dois na mesa do café. O fogo mordiscava lugares, situações, palavras. Às vezes, chegam a mim rajadas de pó.

Naqueles dias, retomei a terapia. Falei muito nas sessões, quase sem parar. Não me permiti deixar lacunas de silêncio, como antes, quando permanecia os cinquenta minutos sem pronunciar uma palavra. Relatei a viagem, meu passado, a relação com Franz, sua morte, o encontro com minha irmã, a distância de mamãe. Algumas vezes, os sinais se tornavam herméticos demais. Comecei a levar o caderno com sonhos, para ler algum desses episódios em voz alta. Fui revelando segredos que havia guardado até negá-los. Quando me calava, temia que tudo desabasse. Saía da consulta extraviada, dispersa, com a cabeça cheia de luzes que me cegavam.

— Salve-se. Está tudo afundando ao seu redor.

Essas foram as últimas palavras que me disseram.

Naufrágio familiar

Sonho com meus pais. Papai caminha por uma praia com os sapatos orlados de excremento. Mamãe vai uns passos mais atrás; veste uma anágua de náilon desfiada. Os dois sobem numa embarcação atracada na margem, navegam mar adentro. A calma do oceano é interrompida bruscamente, e grandes ondas se erguem da superfície da água. A tela fica preta. A próxima imagem é um amanhecer desastroso. Mamãe é a única sobrevivente; está agarrada a uns restos, luta para não afundar em cima de um pedaço de madeira.

Na manhã seguinte, encontro mamãe em uma esquina. Já se passaram dez anos. Dói-me ver sua cabeça grisalha, seu corpo emagrecido, tão diferente da figura voluptuosa de outrora. Já não é a atriz de cinema de quadris largos, decotes proeminentes e longos cílios. Agora sou mais alta que ela, e me incomoda olhá-la de cima. Pergunta da minha vida. Se casei, se tenho filhos. Respondo movendo a cabeça de um lado para outro. Conta que vive em uma casa de repouso. Fala da ânsia de cercar o tempo que morreu, de olhá-lo nos olhos, quando uma voz vinda do refeitório anuncia que é hora de jantar e que o tempo de visita se esgotou. Não menciona papai.

Nessa tarde, muda-se para minha casa e ocupa o quarto de empregada. Enquanto desfaz a mala, me mostra com orgulho um cartão de dia das mães que eu havia feito para ela quando tinha nove anos. Ressinto-me da minha letra ilegível e dos erros de ortografia. Tento reproduzir essa ternura de corações vermelhos e de *Te amo, mamãezinha, feliz Dia das Mães*. Não sou eu, é outra. Não reconheço em mim nenhuma sensação calorosa, é mais um frio pétreo. Uma estranha conexão se produz entre mamãe e meu sonho. Ela agora tem fobia de água, tem pesadelos com o mar agitado, não consegue tomar uma ducha. Mal encosta na água do lavabo para fazer uma higiene mínima. Seu cabelo está todo emaranhado, a pele é uma camada de gordura malcheirosa. Tenho de limpá-la com uma esponja úmida enquanto ela treme em meus braços.

Nas longas estadas em que mamãe permanece deitada na cama, ela se dedica a tricotar. Reconheço-a sabotada pelos calmantes, com suas potências estragadas. Urde com as mãos um tecido de tramas complexas que evocam sua história. Infinitas laçadas de lã que se traduzem nessas prendas disformes: luvas com quatro dedos, malhas sem mangas, cachecóis curtos. Oculta-se um mistério nas dobras de um trabalho manual, com avessos e direitos criados por essas peças irregulares, sem destinatários. Aí está o corpo nomeando suas penúrias. O de mamãe fala pelas mãos artríticas, pelas feridas transversais, pelos nódulos. Quando lhe conto alguma desgraça, repete que a morte não é um acidente, mas o ato mais deliberado. Vejo de perto sua morte encerrada em frascos, em pílulas de soníferos administradas todas as noites, no gargalo das garrafas de vinho que apoia em seus lábios, nos contornos das cicatrizes pela passagem do tempo. Não tolera envelhecer. Apaga os rastros de seus gritos em seu rosto. O pouco dinheiro que juntou investe em cremes de beleza para suspender sua iminente deterioração.

Sua cabeça se lembra de mim com lucidez, a ponto de não registrar que há pouco me esqueceu por um lapso de tempo. Talvez agora seja eu que não a reconheço. Segue adiante calando, fechando os olhos de vez em quando, sentindo de repente muita distância de todas as pessoas. A certeza de sua velhice atrás de uma vitrine de loja. O rosto acinzentado dos pais que envelhecem abruptamente. Nosso primeiro encontro foi de duas horas, nos beijamos duas vezes e nos abraçamos duas vezes (uma na chegada, outra na despedida), tomamos dois cafés, trocamos dois olhares verdadeiros. Quem você vê quando me olha? Mas, desta vez, foram três as frases que dissemos. Confessa-me que não suporta os domingos.

Diálogo sobre o palco

Estamos sozinhas, eu e mamãe, num palco amplo. Nossos passos são amplificados pelos rangidos do piso de madeira. Cada uma entra por uma das laterais. Ficamos frente a frente, a certa distância. Ambas pigarreamos. Seguramos na mão uns papéis e fazemos a leitura do texto escrito neles.

— Filha, você vai me amar quando eu fizer sessenta anos? (Pausa.)

— Não sei, vamos ter de esperar juntas por esse dia.

Mamãe se dirige a uma plateia indefinida e aponta, com o indicador, o horizonte de paredes escuras.

— Por que me olha de esguelha? — diz sem se mexer.

— Porque tenho medo de que não me reconheça. Não sei se você enxerga meu duplo, meu par, minha sombra. Como foi que voltei à sua memória?

— Não sei bem. Juntei duas metades, ficou uma fissura. Reconstruí você com uma montagem de fotos. Com as histórias narradas por seus irmãos, por outras pessoas, até que, um dia, você apareceu ocupando um espaço vertical na minha mente.

— Vamos negociar nossas realidades; somar ou subtrair o passado e o presente. Você se atreveria a repassar nossa trama?

— Sim, mas teria de ser uma representação fora de cena — assevera ela.

— Podemos fazer isso por meio de um mensageiro ou de um coro; ou, quem sabe, de um sonho, um relato épico — digo com ironia. — Quer saber? Algumas vezes, pensei que você não era minha mãe.

— Por quê?

— Porque quando eu era menina você nunca me penteava. Silêncio.

— Diga, qual é a legenda da sua personagem, o seu enunciado? — pergunto.

— Na primeira ou na terceira pessoa?

— Tanto faz.

— "Eu me equivoco". E o seu?

— "Eu me lembro" — afirmo.

— Que lógicas operam em você?

— As da memória.

— Agora, vamos definir nosso público.

— Não importa. É todo mundo e não é ninguém.

Aponto para as poltronas vazias. Fixamos a vista nos papéis que temos em mãos, minha mãe os dobra e chega mais perto de mim.

— Me dê um beijo — pede com doçura e me oferece sua face.

Afasto-me. Mamãe me interroga com uma expressão amarga no rosto. Nego com a cabeça.

— Há janelas demais — respondo.

É a primeira vez nessa cena que nos olhamos nos olhos; as cortinas demoram a cair. Mamãe alisava a saia, ajeitava a blusa, retocava ao acaso o cabelo com a mão esquerda. Eu encolhia os ombros, abrindo e fechando a boca, ensaiando umas vogais. Ficamos descobertas diante de nosso rancor, sustentando uma careta desolada com o telão vermelho ao fundo.

Três crianças velhas

O registro do banheiro está pingando há dias. Seu som repetitivo se infiltra nos sonhos, nos pensamentos, na rotina. É um ritmo pungente que se apoderou de nossas conversas, de nossos silêncios. Estamos tomando o café da manhã. Mamãe tricota debaixo da mesa; de repente, sai da minha garganta uma frase, intempestiva, alheia.

— Por que você não liga para Lorenzo? — digo.

Mamãe fica muda; vira-se bruscamente para mim. Caem as agulhas, que soam metálicas no piso. Pela expressão de seus olhos, sei que não se lembra dele. Bloqueou na memória o escândalo dos vizinhos, os oitos meses juntos, a morte posterior dele por pancreatite, agonizando sozinho e com sede na enfermaria de um hospital. O resto do dia ela perambula silenciosa e distante; recolhe-se cedo para dormir.

Na manhã seguinte, toca a campainha. Olho pela janela. Através das barras de ferro do portão, adivinho as silhuetas esboçadas de meus irmãos. Receberam minha mensagem. Passo pelo banheiro para retocar meu penteado e encontro o frasco de calmantes de mamãe vazio. Compreendo por que mamãe continua dormindo. Abro a porta com receio, já se passaram muitos anos. Os rostos um pouco enrugados, os corpos mais gordos. Davor, fazia duas décadas que não o via, nem fotos, nem visitas, até esse encontro repentino. Está de barba grisalha, o que o faz parecer mais velho. Tem os ombros curvados de cansaço. Não sei se o abraço. De certa forma, é um desconhecido que agora atravessa a porta de entrada da minha casa. Adela ficou mais para trás, e seu cálido beijo me lembra do encontro especial que tivemos há uns dois anos. Depois de nos reconhecermos e voltarmos a sentir alguma proximidade, tento prepará-los.

— Mamãe não está bem.

Assentem em silêncio. Seguem-me pelo corredor.

Não sei o que ela deve ter pensado quando nós três aparecemos ao pé da sua cama, ou como deve ter configurado a geometria de nossas cabeças inclinadas, mas sem se tocar. Olha-nos a fim de nos reconhecer; seu rosto assume uma expressão incomum de doçura. Tenta ajeitar o cabelo, sem muito sucesso.

— Minhas três crianças... estão tão velhas — diz com sua língua enrolada.

Estende seus braços, mas eles ficam no vazio, erguidos. Sinto o roçar fugaz do corpo de meus irmãos no meu. O gesto dela provocou um calafrio em nós três. Retoma as agulhas e tricota. O quadro é muito absurdo: o trio, imóvel e alheio; ela, tricotando uma peça amarela sem destinatário. Então aparece uma antiga composição. Me lembro daquela vez que os três estávamos de mãos dadas junto à porta, observando a ambulância levar a nossa mãe.

Volto ao lugar. O dormitório sombrio, o perfil de Davor a poucos metros. Um raio de sol bate na bochecha dele. Passeio o olhar pelo papel de parede sujo. Um pouco mais distantes, dois espectros entrelaçados. Adela sentada ao lado de mamãe, mostrando-lhe fotos dos netos. Propõe levá-la por uma temporada para que conheça aquelas crianças que têm seus olhos amendoados. Mamãe consente, animada, movendo suas faces encovadas, sem dentes, sem língua, reduzida a uma inútil caverna. Eles passam os dias seguintes às voltas com passagens, trâmites, malas. Chega a data. Partem. Mamãe vai me mandar o relato de suas enfermidades pelo correio.

Deparo com uma nova solidão. As pessoas perambulam pela cidade acompanhadas, aos pares, em família, com um amigo. Brinco de adivinhar que tipo de relação as une. Tropeço em alguns corpos. Bato em algum quadril proeminente, em um joelho em movimento. Caminho na direção oposta. Vou sozinha, deslocando-me no contrafluxo.

ns.

Terceiro Ato

Ensaio geral

Meu continente está aqui, neste teatro aberto sem paredes. Neste amplo palco que atravesso extraviada. Olho o calendário. Faltam poucos dias para a estreia. Cada um ensaia sua parte sozinho para o dia do espetáculo, quando iremos montar, pela primeira vez, a obra completa. Ouve-se um rumor atrás das bambolinas. É o murmúrio dos demais integrantes do elenco que leem suas falas nos camarins, de forma simultânea. Misturam-se as vozes de meus irmãos, de meu pai, de minha mãe, de Franz, de meu tio, de um desconhecido, a minha. As vogais e as sílabas raspam por suas gargantas e emergem em tons afônicos, agudos, elevando-se até o teto abobadado. Os personagens escrevem uns aos outros. Meu pai pega a última frase que Franz pronuncia e inicia seu monólogo. Franz repete uma palavra que ouviu da minha boca e emenda com a primeira frase de Adela. Cada um revelará seu segredo.

Estudo o perfil da minha personagem, trancada entre quatro paredes. Repasso as falas que me deram. Olha de relance para a câmera, tem olhos de furão. Foge de sua sombra e de seus passos. Não é daqui nem de lá, e por isso fundou sua pátria em um caderno azul. Sempre leva suas coisas em malas ou embaladas em saquinhos de supermercado. Tem receio de sair nos jornais e de ser embrulhada pelos açougueiros. Dorme com seus longos cílios apontando para o teto. Espera uma chamada telefônica. Invertem-lhe a plataforma no metrô e trocam-lhe as horas do relógio. Vive fora do prazo. Tem a capacidade de estar nos lugares sem estar, de habitar lugares que não existem. Procura um par para aprender a dançar tango. Quando lhe pedem que se desnude, sempre mantém alguma peça.

Gostaria de esquecer tudo. Mas cada nova experiência rompe a couraça e dispara uma antiga lembrança. Há embriaguez em uma antiga história que extravia os sentidos. Certa métrica de dois em dois torna o passado mais doloroso. Assusta-me que o roteiro coincida com a vida. A radiografia do meu caráter me obriga a ser mais audaciosa do que sou. Instalada nessa outra identidade, me sinto livre, capaz de superar meus medos. Provo outros limites que não chego a roçar quando estou fora do meu papel. E são essas outras fronteiras inimagináveis as que me fazem temer o final.

Estamos, todos os personagens dessa história, imersos em uma pausa dramática contínua, repleta de rubricas. Cada um realiza um movimento, dá uma nova textualidade ao seu papel. Revisamos nosso drama pessoal dentro dessa obra mais ampla. Convivem pontos de vista, diferem os atos e as pessoas que cada um deixa dentro e fora de cena. Múltiplas tramas paralelas se entrelaçam, tecidas para uma plateia indefinida. Todo ator se detém em um tempo específico de sua história. Eu me detenho na viagem com Franz, naquela viagem de navio e na chegada postergada. Naquele buraco no peito que terminou sendo uma cova na terra. Meus irmãos se detêm na morte do pai deles. Adela está aprendendo a escrever e compõe para a escola uma redação intitulada "Não está". Davor dá seus primeiros passos, mas se detém na entrada de um quarto. Papai fica paralisado na clausura do sótão com as catorze latas de comida. Minha mãe empaca no momento em que perdeu dois dentes.

Avançamos em círculos concêntricos até fechar esse vão que habitamos sozinhos. O destino é um quarto amplo repleto de ecos. Ali poderemos impostar nossa voz, amplificá-la em um bis para declamar nossa fala ensaiada. Nos perguntamos quem irá improvisar fora do texto. O caminho até o palco é um labirinto. Por isso, cada um parte de um extremo oposto pegando a ponta de um novelo de lã. Uma meada amarrada no cinto se desenreda após as monótonas passadas que desenham uma rota de ida e volta. Nesse espaço fechado, esperamos o dia da estreia. Enquanto isso, percorremos o dédalo acariciando suas paredes. Em cada canto da construção, tememos encontrar outro personagem que altere nosso destino. Fios coloridos desenham o caminho de volta à plataforma comum. É assim que, depois de nos perdermos nesses corredores durante tantos dias, atravessando galerias e túneis, poderemos nos encontrar sobre o palco na data prevista.

A marcha dos sobreviventes

Há um ruído de motores, uma leva de aviões aterrissa no pátio. Vou até a janela, vejo apenas manchas verde-pardo; prefiro continuar contando as flores dos meus lençóis. Meus passos cegos cambaleiam nessa fuga circular. Palpitam os campos minados que me fazem correr em múltiplos rumos. Filtra-se a encorpada luz de verão que recorta figuras enquanto o sol definha. Detenho-me na gente enlutada sem feições.

Caminho pela calçada ensolarada. *Mocinha, uma moeda, por favor.* Estendo minha mão ao mendigo que me observa boquiaberto. Cheiro seu pescoço e aspiro a umidade de suas noites envoltas em papelão. Por perto, passa um cão, grito em suas orelhas compridas, assusto seu dono que vai lendo um livro. Mamãe e seus gritos: relembro-os, ouço-os. Reproduzem-se em uma fita que retrocede e avança em meus ouvidos. A gravação é infinita, gira sustentando a mesma nota aguda. É um bombardeio de vogais, consoantes, letras desfiguradas amontoando-se na minha cabeça. Gritos, uivos, decomposição de sons que se reúnem em uma linguagem mais primitiva. A mulher estuprada, o bebê com fome, o fuzilado de guerra, o homem que cai de vários andares, minha mãe dançando comigo na sala. Todos convergem no mesmo esgar, na deformação de seu rosto, no oval de sua boca, no mais aberto e fechado dos sons.

Quando mamãe gritava, era um ponto zero, um recém-nascido; não era mamãe. Sua beleza se resumia a um par de traços. Agora seu grito protelado desfigura minha solidão, penetra meu corpo adulto. Me leva de volta à origem. Sua expressão afásica se estende ondulando pelas ruas, pelas esquinas, pelos semáforos. Tento escapar desses alaridos. Corro pela cidade, mas todo o espaço está atravessado por um clamor incessante. Às vezes, é um uivo agudo; outras, uma expressão lamuriosa ou um vozerio rouco. A vida é oblíqua, e caminho em diagonal todos os dias até o trabalho. Se ouço algum som atemorizante na rua — a freada de um carro, a buzina de um ônibus, a exclamação de uma mulher —, não resisto, estremeço e tapo os ouvidos.

Olho de relance os noticiários, evito ler as manchetes dos jornais. O atual conflito do país de papai está sendo projetado todos os dias na tela de dezoito polegadas. Estou em um estado de luto permanente. Acompanho-o em sua batalha interna que se perde em meio à de fora. Tudo acontece em dois cenários simultâneos. No país de papai, os cadáveres são empilhados até o céu. Agora trazemos o mesmo pesadelo palpitando na íris. A idêntica lista de nomes pronunciada entre dentes. Quero ser a franco-atiradora de seus fantasmas. Antes foi a marcha das botas pretas desalojando os lares. A marcha dos trens em direção aos campos. A marcha dos oficiais ordenando o fuzilamento. A marcha dos coveiros em direção às valas comuns. A marcha dos aviões bombardeando as aldeias. A marcha de papai pela mão de sua mãe fugindo para um continente sem guerras.

Minha marcha é diferente. Marcho pelas ruas temendo ser presa. Tiro carteira de identidade uma vez por ano. Mal acabo de encontrar alguma coisa, já perdi outra. Gosto de me olhar através das janelas; sobre a minha cama, há um corpo atravessado. Marcho pela cidade consultando o dicionário. Marcho perdida em meus labirintos, com os cordões dos sapatos desamarrados, com a bolsa aberta. Marcho insone, em estado de vigília, ensaiando um passo que papai me ensinou há anos. E, enquanto marcho, alguém me venda os olhos.

Papai volta a ter nove anos

No país de papai, os cadáveres são empilhados até o céu. Papai vê outra guerra na TV. Volta a ter nove anos, apesar de suas seis décadas. As rugas de seu rosto se contraem diante de cada bombardeio. Os tubos fluorescentes da tela passam o mesmo filme de sua infância: disparos invisíveis, esquinas desoladas, gente que corre desorientada. É um telespectador condenado pela imediatez da história. Sente um apego visceral àquilo que é ditado pelos acontecimentos de seu continente. Procura o programa que fale de sua angústia oculta de criança, e que o resto do mundo só leu nas enciclopédias.

Sua remota cidade se faz presente na quarta parede da TV. Vemos os vidros partidos no chão das guerras. Um mosaico em que rangem as pisadas temerosas de seus residentes e as assertivas botas dos soldados. Papai permanece dias em frente à tela tentando evitar que lhe escape algum fato. Enquanto durmo, vela observando a transmissão ao vivo dos canais estrangeiros, vencendo o fuso horário, a distância geográfica. Aciona o seletor de canais perseguindo as mesmas cenas. Quando precisa sair de casa, deixa gravando, em fitas de vídeo, a esteira transportadora de cenas bélicas. Desta vez, é uma testemunha simultânea da guerra que os protagonistas estão vivendo. Não há mediação além do circuito fechado, da antena parabólica. O satélite capta infinitas imagens e as projeta com sua frieza digital.

O irmão gêmeo de papai está nesse outro continente. Durante a guerra, suas cartas ficam mais espaçadas, demoram meses, alguns envelopes chegam abertos. As chamadas telefônicas são interrompidas com um *alô* distante que nos enche a cabeça de ecos. Conseguimos dormir tranquilos porque ele mora em uma ilha desconhecida, de onde as explosões são ouvidas ao longe. Nossa relação epistolar havia cessado depois das muitas negativas às cobranças. Minha vida transcorria aos trancos, escorregando de uma coisa à outra. Só restaram os pesadelos dessas silhuetas que me sussurravam coisas em outra língua. Sonhava com seus envelopes de caligrafia cursiva passando pela grade, mas que o carteiro logo recolhia porque nunca havia dinheiro para pagar a conta. Minha mão estendida ficava vazia.

Retomamos nosso lugar diante da TV. O tripé permite fixar o incêndio dos campos e, depois, os antebraços dos rapazes com seu grupo sanguíneo escrito. As crianças que olham com uma dor que não entendem. O plano médio se abre e nos insere num fluxo vertiginoso: sangue respingado pelas paredes, corredores com colchões, um dente incrustado na parede. Um jornalista relata os fatos das últimas horas, parado em pé na avenida onde papai morava. Por trás de sua voz modulada, misturam-se os ruídos de guerra nas pistas de som. A câmera enquadra os morros que papai escalava quando criança nos fins de semana. O primeiro ângulo se fecha, agora vemos a fachada de sua casa, uma janela, uma cortina que se mexe.

Nessa tarde, papai vê no noticiário a casa de sua infância sendo derrubada, a milhares de quilômetros de sua residência atual. Vê explodir as janelas junto às quais ficava em pé olhando o parque vizinho. Segundos mais tarde, a lente focaliza a desintegração da aresta que sustentava a construção. O batente da porta que ele tantas vezes atravessou se desencaixa. As paredes e janelas, as cortinas, os tapetes se incendeiam. O fogo enumera cada uma das partes, ordena as lembranças. As tardes jogando cartas sobre o piso, o bonde que passava sob a sacada. As chamas individualizam momentos. A neve que caía todo inverno, a conversa que ouviu escondido no patamar da escada, o esconderijo entre as catorze latas de comida, o terraço de onde viu seu pai partir. Papai toma um trago, fecha os olhos e sente frio. Começa a soluçar. Volta a ter nove anos, e agora sou a mãe que o envolve e o embala nos braços.

— É muito cruel. Pare de olhar, vamos tapar ou ouvidos, vendar os olhos — digo.

São os mesmos lugares que se incendeiam, repetidas vezes, cobrindo-se do mesmo pó, mas com outros mortos. Papai passa a dormir na minha casa até a guerra acabar. Desligo o aparelho. A guerra se dilui em um raio negro que pisca fugaz na tela. Proíbo papai de ver TV.

Agenda telefônica

Reunimo-nos para jantar, com meus colegas de faculdade. Durante dez anos, haviam se reduzido a uma letra da agenda telefônica. Cada vez que a porta do lugar se abre, tentamos adivinhar quem chegou. A pessoa que está no vão da porta não nos vê de início, percorre às cegas o salão até fazer um sinal e se aproximar de onde estamos. É um instante de vertigem, no qual associamos uma nova imagem a um nome antigo.

Cheguei cedo. Não é meu costume. Dei várias voltas antes de entrar no lugar. Passei a tarde experimentando vestidos, calças e jaquetas. Como quero que me vejam? Antes de sair, me olhei no espelho da entrada, me vi diferente. Depois de fechar a porta, enfiei a mão na carteira para tocar a foto que costumo carregar comigo.

Estamos sentados numa mesa comprida. Sobre a toalha, várias garrafas de vinho. A alternativa é ver-nos iguais ou diferentes. Fazemos perguntas um ao outro. Perguntamos quando. Perguntamos por que, qual, quanto. Perguntamos como. Perguntamos onde, o que e no quê. Sei que isso é para adivinhar quem conseguiu chegar mais longe e comparar com as expectativas de então. Sentimos o peso dos êxitos e fracassos dos outros. No decorrer do jantar, brotam todas as idades em seus rostos, a torpe infância, a adolescência e suas espinhas, os semblantes sérios da primeira fase adulta. Apareciam e desapareciam pelo mesmo rosto deixando uma fresta de luz sob a porta mal fechada.

É inevitável falar de Franz, ele não virá esta noite. Jamais voltaremos a ser doze. Cada um tem a sua interpretação dos fatos. Sentem-se desconfortáveis em falar sobre ele comigo. Todos sabiam da nossa hermética relação. Sei que a morte dele causa uma reação distinta a cada um. Marcos sente culpa, era seu melhor amigo. Felipe experimenta um alívio indizível; sempre se desafiaram. Sofía fuma um cigarro atrás do outro; sei que ainda chora por ele. Ainda tenho ciúmes dela; mal consigo olhá-la. Ela se esconde atrás de sua nuvem de volutas de fumo. Jaime está confuso e triste; se davam mal, mas eram muito parecidos. Mónica, Sandra e Paola, sei que lamentam muito; admiravam Franz, gostavam muito dele. Roberto é um mistério; nunca expressa nada e, uma vez mais, não sei o que pensa. Analía me olha com suspeita, como se eu pudesse ter evitado a morte dele.

O jantar de adultos começa a ganhar o ritmo juvenil da sala de aula. Pouco a pouco, vamos nos despojando de nossos trajes e caras sérias. Como sempre, Marcos é quem irá tomar as rédeas da festa. Ele existe sob os olhares dos outros. Não nos engana mais: somos nós que o iluminamos. Sozinho não é ninguém. Não tardará a nos fazer rir, repetindo as piadas de sempre. Depois, com Felipe, imitaremos nossos professores, hoje todos aposentados. O coxear do professor de filologia, a voz aguda da professora de teoria. Digo alguma coisa, falo com Sofía, sem olhar para ela. *Como assim? Escute, Sofía, o tempo mantém tudo intacto: rancores, amores e invejas; se nos olharmos nos olhos, silenciaremos muitos segredos compartilhados.* Alguém ri com gosto. Alguém leva a mão à boca. Alguém tosse. Alguém derruba um copo na toalha. Alguém mexe a cadeira. Alguém olha o relógio. Alguém fica em pé. Alguém fecha os olhos. Alguém acende um cigarro. Não lembro quem.

Após esse encontro, cada um ficará preso nesse tempo regressivo. Permaneceremos imersos num halo ausente até que o fluxo da contingência nos obrigue a embalar essas lembranças. Vamos nos desprendendo dessa noite. Um a um, os nomes irão se enfiar na agenda telefônica até a próxima reunião. Ao nos despedirmos, prometemos ligar com mais frequência. Vários se despedem de mim com um abraço apertado, que leio como se fossem pêsames atrasados.

Tiro a roupa no escuro e sinto-a impregnada de tabaco. Antes de deitar, beijo a imagem em branco e preto de Franz. Afundo sua lembrança até que ela me atravessa e desaparece em uma rajada de vento, em um incidente diurno. Quando estou perto demais de Franz, ele me empurra de volta ao mundo. Mato-o dentro de mim, mato seu corpo em outro corpo. Em outros homens, de outros nomes. Afasto-me de sua boca, solto meu cabelo da mão que o recolhe. Apago as impressões digitais tatuadas nas minhas costas. Desprendo sua imagem da minha retina, borro a linha entre meus peitos. Evapora-se o suor de seu ventre. Então, o golpe do sonífero, os olhos cegos, meu sexo obturado.

Ontem terminou a guerra

Ontem terminou a guerra. Chegou ao fim o espetáculo que presenciávamos na tela. A guerra terminou, anuncia o apresentador das notícias. Papai brinda com uma taça de vinho. Isso é repetido entre os programas enlatados, os intervalos dos filmes, os comerciais. A imagem congela o verdugo que fica com seus braços erguidos por instrução do superior. E papai abre a segunda garrafa de bebida. Nada restou em pé, a cidade está em ruínas. Os oficiais rolam pelo chão, tomados por um ataque de pânico. Os refugiados caminham desolados pelos corredores do novo país que se formou. Olham para seus sapatos que pisam outras fronteiras. Transitam temendo uma represália de surpresa, olham de esguelha distinguindo aliados e inimigos. Papai vê tudo borrado, lê em voz alta o rótulo da garrafa.

Papai brinda, inclina a última taça até esvaziá-la com os olhos úmidos. Maldiz os generais que desfilam pelos campos. Sua língua tropeça, já não modula. Entoa um nostálgico discurso. Seus olhos ficam fixos nas dobras das bandeiras que tremulam na tela. Agora papai nasceu num país que não existe mais. Sua nacionalidade é de fantasia, seu passaporte, de uma república inventada. Sua pátria se fragmentou; diferentes línguas convivem para nomear a mesma coisa. Sob as ruas, pulsam os refúgios subterrâneos. O mapa que ele traçava à mão livre agora é um desenho qualquer. Papai está condenado a emigrar, a procurar sempre uma pátria que o acolha. Abre sua agenda cheia de nomes riscados. A cada ano são mais, cada vez está mais sozinho. Lê alguns desses nomes em um murmúrio, conta os seus vivos. Penso em minha agenda telefônica e naquele único nome que risquei.

Esta noite, vou deixar papai na sua casa depois de ele ter visto pela TV, durante todo o dia, os fatos do outro continente. Insiste em dirigir. Está eufórico, descompensado. Não me atrevo a contradizê-lo. Me lembro das ruas paralelas que formavam um raio contínuo; vejo apenas formas, linhas, fileiras de árvores, faixas amarelas. O ronco do motor, a embreagem, a terceira marcha. Papai diz algo que não entendo com sua dicção enredada. De repente, uma esquina, um semáforo, uma luz que se expande e penetra nos olhos. Uma sensação rente aos pneus, emoldurada por bordas cromadas e um horizonte de tetos. Depois, um conjunto de rostos anônimos que nos olham da calçada. Uma voz pelo rádio fala sobre um homem destroçado contra a direção. É meu pai. O vento assobia, pedras rolam pela rua.

 A vida de papai desvanece entre luzes e ferros no mesmo dia em que termina a guerra em seu país. Limitou-se a ficar estirado, virado para o teto do carro. Uma claridade oblíqua, alaranjada, se espatifa contra a névoa e se aproxima de um halo de miríades de partículas suspensas. Voa um bando de pássaros, cada um em uma direção distinta. Conflitos transcorrendo em cenários paralelos que, desta vez, se encontram e me atravessam.

O silêncio das desgraças

Uma manada de cavalos cruza a linha alaranjada do horizonte. Seus cascos levantam fogo e água. Suas crinas flutuam ao vento. Ouço o ruído rítmico de seu galope. Os corpos dos potros arremetem sobre a minha figura que jaz na ladeira desértica de uma colina. Meu corpo se encolhe de medo, não consigo me mexer, os cavalos se aproximam cada vez mais. Tento erguer os braços e cobrir o rosto. Não consigo. Continuo imóvel, grudada ao chão, ouvindo suas pisadas simétricas. De repente, tudo escurece. Silêncio. Sinto as patas dos animais correndo sobre meu corpo anestesiado. Quero gritar, mal consigo separar os lábios. Seus passos não doem; são um peso mudo, inexato. Engasgo com a terra que levantam, mastigo poeira, tusso. Tento engolir a saliva. Minha língua percorre as gengivas rachadas. Minhas pernas pesam; o antebraço é uma pedra rígida que cai num poço. Ao longe, envolta em uma nuvem, reconheço uma mulher que me segura antes que caia no vazio. Abro os olhos com dificuldade: é a enfermeira que me injeta o primeiro calmante da manhã.

Ao recuperar a consciência, perco-me no vão da porta do hospital, em todos os vãos que atravessei. Percorro o quarto, as paredes brancas, a janela que dá para as montanhas desertas. Olho o monitor e suas linhas ascendentes e descendentes que diagramam meu estado vital. O dorso da mão está cravado de cateteres, meu corpo atravessado por sondas que transportam líquidos viscosos. Sinto o paladar amargo, a boca cheia de saliva. O médico anota umas cifras, toma minha temperatura. Diz que estou me recuperando.

— E papai? — pergunto temerosa, intuindo a resposta.

O doutor nega com a cabeça. Peço que me deixe sozinha e que proíbam as visitas.

Quando ocorreu o acidente, reconheci o instante mudo das desgraças. O silêncio devastador da esquina desconjuntada e dos ferros retorcidos. O para-brisa era um mosaico de vidros em cujo verso jaziam nossas sombras. As silhuetas quietas, sustentadas em um equilíbrio fugaz. Uma bola de fogo passava por cima de nós, deixando uma esteira de imagens. Um universo de sirenes mudas e vidros cegos. Não soube quanto tempo transcorreu, nem da ambulância que me transportou, nem da cerimônia a que não assisti.

A primeira coisa que fiz ao voltar para casa foi cobrir os espelhos com lençóis e me trancar no banheiro. Repassei com os dedos o lavabo, sentei no vaso, percorri as bordas, a louça. Não havia sujeira, nem fiapos, nem resíduos de excrementos. Papai não tolerava isso. Puxei a descarga, fiquei hipnotizada com os redemoinhos da água. Visitei o quarto onde ele se alojava reconhecendo a sensação de estar pisando território alheio. Revistei as gavetas até encontrar os cadernos com listas de comestíveis. Abri a despensa. Alterei a ordem dos alimentos. Mudei de posição os pacotes de arroz, os potes de conserva, o saco de açúcar, as caixas de leite. Um caos de volumes e vasilhames ficou trancado a chave.

Encontrei os sete jornais na entrada. Os exemplares estavam cobertos de terra, com as pontas dobradas e a tinta escorrida. Peguei aquele monte de papel, li as manchetes, as primeiras páginas. Pensei no hábito de papai. Abri um jornal, o de terça-feira. O dia do acidente. A notícia principal não dava nenhuma pista do ocorrido. O segundo, de quarta-feira, estava cheio de terra, como se tivesse sido enterrado com papai. O de quinta era branco, a tinta desgastada, o papel rígido. Passei a manhã entretida com as informações. Pulei a seção de obituários. Enquanto me inteirava dos fatos, tentei reproduzir a fórmula de papai para fugir da realidade. Mas, dessa vez, era para esquecê-lo.

Minhas palavras são um grito na folha

Pego o álbum de fotos da família, avanço pelas páginas à medida que minha figura rouba espaço do fundo. Enquanto escrevo, fico imersa nesse exercício, fascinada pelo horror e pela tristeza que recrio. Minhas palavras são um grito na folha. À medida que escrevo a respeito da minha vida, deixo de fazer parte dela; vou criando outra existência nas entrelinhas.

Estou de volta à rua e à rotina, depois de sete dias trancada me despedindo de papai. A metade do tempo no hospital. O lado de fora me parece uma ameaça. O ruído da cidade entra em torvelinhos pelos meus ouvidos: o barulho do trânsito, as buzinas dos automóveis, as vozes multiplicadas. A luz do dia me ofusca. A voragem dos transeuntes me deixa zonza, desestabiliza meus passos. Leio os anúncios na via pública como se fosse a primeira vez. Sinto que esse é um lugar que não conheço, onde seus habitantes falam um idioma que não compreendo.

Observo os outros como se fossem passageiros de outra viagem. Pego o último vagão, ninguém está indo para onde vou. A dor desceu e corre por minhas pernas. Vou me esvaziando de tudo isso que houve, trazendo para o presente fatos que não tenho clareza se realmente aconteceram.

Escrever o que vai calando. Minhas palavras clandestinas escalam meus cadernos. Amplifica-se a voz metálica e ausente de papai nas paredes do quarto. Eu, cindida em milhares de pedaços. Sinto o diafragma cheio de ira. Piso a calçada quente. Fecho os olhos para capturar a voz balbuciante da cidade. Aprisiono em um só feixe o imenso punhado de seres anônimos.

Conecto-me com o teto, fico hipnotizada entre a janela e o horizonte das montanhas. Beijo o vidro, acaricio a imagem que projeto. Sou o veículo desse momento que ressoa na minha memória. Vejo meu rosto de menina. Visto uma roupa que usava em meus doze anos. O vestido começa a se incendiar: as dobras, a barra. As chamas entram pelos bolsos. Arde o forro, as rendas, os botões, a gola engomada. Agora estou coberta de cinzas, tiras de poliéster. Minhas raízes se movem com o vento. Faz tempo que saí da procissão. Saio por uma porta e não sei se devo ir para a esquerda ou a direita. Procuro vozes de outros para encher meu coração de tambor. Tacatacatá. Estou empacada na minha própria existência. Estou desabitada. Os mapas não cruzam meu território.

Penso que chegou a hora de fazer o caminho inverso. Parar de viajar pelos postais da parede acinzentada. Parar de percorrer com os dedos a paisagem em relevo de papel e as fotos desbotadas. Minha personagem reclama um novo giro dramático. Empreendo minha própria marcha em direção a esse outro continente de origens e desencontros.

Viagem ao outro continente

Agora que papai não está, quero reviver sua perda na imagem assimétrica de seu gêmeo. Volto a escrever a meu tio, depois de muitos anos, para anunciar a iminência da minha chegada a esse outro continente. Procurar o irmão de papai é cair em um poço infinito. Tentar descobri-lo no verso de uma foto, nas entrelinhas de seus relatos. Imagino o diálogo para quando finalmente nos conhecermos. Copio-o numa caderneta, volto a inventá-lo, ensaio-o diante da metade de um retrato de meu pai.

Meu passaporte. Ver de novo meu rosto aos vinte anos, quando viajei com Franz. Transitar pela rodovia à medida que a paisagem se emoldura na janela. Marcos mudos, árvores e placas com cifras que aparecem enquanto sigo para o aeroporto. O sol inclinando-se à esquerda da estrada. É a hora mais vermelha da tarde. Tantos anos escrevendo sobre essa viagem, e agora começar a viver essa travessia enquanto deixo de escrever sobre ela. Aperto nas mãos os postais que acariciei por muito tempo. Na minha cabeça, aparecem Franz e papai. Preencho o formulário com cruzes, a voz pelo alto-falante anuncia a partida do meu voo.

Estou me aproximando da origem, das brumas de um início que é o princípio de um fim. Sinto um mal-estar como testemunha tardia de todo esse desamparo. Caminho por essas ruas fantasiando a figura de papai criança nas esquinas. Ou quando olho qualquer garoto que brinca dando-me as costas. Sei que estou procurando esse menino de nove anos para impedir que viva tudo aquilo que lhe aconteceu. Percorro praças e vejo seus brinquedos montados com os restos da guerra. Seus jogos de armar construídos com uma granada malograda, seus castelos coroados por balas. Interrogo seus rostos de olhos claros e pele morena. Gostaria de abraçá-los para proteger seus pequenos corpos, aliviar o dano que lhes foi causado. Contenho-me, avanço até o porto carregando minha mala. Viajo até lá para olhar o que seus olhos já viram.

Antes de embarcar para a ilha onde vive o gêmeo de papai, decidi fazer uma pausa. Dirigi-me até um armazém que avistei na esquina. Reinava aquela hora morta das três da tarde no verão. Na porta do local, senti muitos rostos me observando, especialmente o do homem do balcão, que tinha uma perna ortopédica. Pedi alguma coisa para beber. Ele guardou a dentadura no bolso da jaqueta para falar comigo. Emagrecera tanto nos últimos anos que ela já não encaixava direito. Só seu fígado havia crescido perigosamente. Os anciãos sorriam para mim com gengivas vermelhas e olhos de vidro. Os meninos derretiam pedaços de gelo na boca. Apoiada no balcão, tomei um refrigerante olhando para a parede. Às minhas costas, ouvia as múltiplas histórias que iam sendo tecidas pelos personagens daquele rincão perdido do mundo. Pessoas que haviam se esquecido de si. Todo ser estranho, como eu, constituía a peça ausente para fantasiar um novo quebra-cabeça. Eu era uma estrangeira, embora meus traços me aproximassem deles. Inclinei o copo em meus lábios. Um fiapo do líquido se desviou para o pescoço. Estava entre pessoas às quais acreditava pertencer. Mas pude apalpar a distância, a diferença. Eu não trazia a guerra escrita no rosto.

Uma cidade onde crescia grama entre os andares dos edifícios, entre o cimento de suas calçadas.

Encontro com meu outro papai

Há um menino. Suas pernas finas flutuam como muletas debaixo da calça. Penso que é o último menino que sobrou. O último menino, não há mais. Suas unhas têm terra. Brincou de guerra no quintal. Pergunto seu nome e idade. Chama-se Erick. Me mostra nove dedos.

Mostro-lhe o papel com o endereço de meu tio. Ele me indica uma praça da qual vejo apenas um trecho. A curva da rua se precipita fechando meus passos, desestabiliza meu percurso linear. Cruzo uma porta em arco, observo a grande superfície de cantos retos da praça interna e me detenho. Os relógios embutidos na cornija registram uma hora de outro tempo. Sinto certa aflição ao atravessar essa cidade murada. Como será ele? O quanto será parecido com papai? Olho à frente e, apesar da minha miopia, reconheço na outra extremidade a silhueta do gêmeo de meu pai.

Um abraço contido, um beijo no ar. Confundo sua imagem com a de papai. Fico impressionada com a sua óbvia semelhança. Encaro-o demasiadamente, até deixá-lo sem graça. Identifico as leves diferenças. Era necessário delinear o outro perfil. Não ouvi quando me perguntou como foi a viagem. Ele se desdobra. Nem percebo quando carrega minha mala com gesto vigoroso. No trajeto até sua casa, vou caminhando um pouco atrás. De costas, poderia confundir os dois. Aquele andar rígido, a cabeça baixa. Mas sei que, se ele se virar, verei outro semblante.

Tomamos um café sentados na sacada de seu velho apartamento. Mora sozinho. Estamos tensos. Depois de cada gole, sorrimos e olhamos para o mar. Aponta para a torre que eu sempre via nos postais. Ouvimos o repicar dos sinos. Chama minha atenção a coleção de cães de porcelana que tem na sacada. Sei que conversa com esses cachorros que comprou por catálogo. Sei que batizou cada um. O pastor-inglês se chama Jack. Leva-os a passear por turnos nos bolsos. Conserta com cola as orelhas que quebram. É tarde, entramos na sala de estar. Há fotos de familiares em cima das mesas, nas estantes. Em uma delas, aparecem os dois gêmeos apoiados em uma cadeira. Estão de calças curtas, compartilham uma expressão de desconforto. Em outra imagem, a minha avó, com um chapéu e uma mala; ao fundo, um navio. Na foto ao lado, meu avô posa com traje militar. Na seguinte, sua irmã mais velha tem nos braços um bebê que é meu pai. Depois, os três irmãos dando adeus com as mãos. Na de baixo, papai ri, afundado na neve. Mais adiante, fotos de grupos de pessoas em festas, passeios; despedindo-se em estações de trem. Elogio essas fotos de família. Ele responde com displicência que são um grupo de familiares consanguíneos que lhe escrevem alguma carta de vez em quando.

Sempre achei que faria essa viagem com papai. Imagino-o mostrando-me sua cidade da infância. Levando-me à sua escola, ao parque onde brincava, ao centro da cidade.

Agora vou percorrer as ruas com meu outro pai, seu rival. Enquanto andávamos, pensava no paradoxo do ofício de meu tio: cuidar de túmulos, ele que desconhecia onde estava enterrado o próprio pai. Um muro de pedra com nomes entalhados se ergue no meio da praça central. Um volume que tenta fixar a ausência de seus corpos. Ser o último destino das vítimas. Tatatatá, tatatatá, é a música das metralhadoras, a melodia que se ouve mesmo que não soe. Um mendigo se examina num pedaço de espelho. Quem sabe pede esmola ao próprio rosto. Escova o que lhe resta de dentes. Os nomes dos corpos desintegrados desse país açoitado por novas guerras. E, entre esses nomes, o de meu avô. Tatatatá, são as notas que agora soam no meu coração.

Estou há várias horas pensando. Falo. *Preciso que você me conte alguma coisa sobre a morte de seu pai, meu avô. Papai nunca conseguiu falar sobre isso.* Respira fundo, o olhar perdido. Agora é ele que fala. No meio da noite, batem à porta. Sua mãe pede que se escondam no armário e desce a escada. Segundos depois, o grito de sua mãe subindo ao andar de cima onde estão os três meninos encurralados, tremendo em meio às latas de comida. Os catorze potes também estremecem. E esse alarido sustentado pela garganta de sua mãe evidencia a sentença irrevogável. Depois, vender tudo o que tinham: joias, tapetes, quadros, roupas. Para arrumar dinheiro e fugir para um lugar sem guerras. Seu tom de voz muda. Me avisa que vai contar uma história amarga que começou como um jogo.

Os gêmeos começaram a roubar para ajudar a mãe. Durante a guerra, há muito tempo livre, não há escola nem lugares abertos. Ambos percorriam a cidade e iam pegando pertences dos mortos que jaziam pelas ruas. Correntes de ouro, relógios, canetas, moedas. Quase nunca olhavam o rosto desses corpos cobertos por folhas de jornal. Cada vez precisavam se afastar mais para as áreas periféricas, pois não eram os únicos dedicados a essas pesquisas. Em uma oportunidade, meu pai pegou um relógio de bolso que, ao limpá-lo, lhe pareceu familiar. Era um relógio com algarismos romanos, mostrador cinza e uma longa corrente de prata rematada por um par de iniciais. O relógio de seu pai. Tique-taque, tique-taque, tique-taque. Papai saiu correndo, ficou dias sem falar. Tique. Meu tio descobriu aquele corpo e olhou aquele rosto com o qual sonha todas as noites deitado no colchão. Taque. Tinha ouvido em casa que é preciso enterrar os mortos para não deixá-los sofrer ao sol. Tique. Voltou no dia seguinte. A rua estava deserta. Taque. Quando termina o relato, noto minha calça úmida, os joelhos gelados e o abdome inchado. Tique. Comecei a sangrar. Taque. Contraio as coxas, mas aquela lava morna flui incessante. Tique. De novo, meu corpo não obedece e cumpre o ditame de sua erosão. Taque. Não quero ser portadora de um sangue que tem a ver com a morte de meu avô. Tique. Fico com muito receio de que meu tio perceba. Taque. Que, de repente, também ele dê um murro na mesa e proíba sangue em sua casa. Tique. Penso no que aconteceria se escrevesse com esse líquido o nome dele e o meu nos azulejos. Taque. Ou se pintasse esse país com meus dez dedos vermelhos. Tique. Ele roubou dos mortos, talvez possa sugar meu sangue. Taque. Mas talvez não consiga cuspi-lo. Tique. Baixo a cabeça, junto as mãos sobre a saia e olho o piso. Taque.

Fico em pé e me afasto da sua casa por um longo tempo. Chego a uma estação de trem desabitada. Desço da plataforma. Há um vagão parado. Imagino que é a estação com a qual papai sonhava. Vejo o rosto perdido das crianças, o olhar ausente das mulheres, as costas encurvadas dos homens. São centenas, são milhares que embarcam nos vagões, vejo-os partindo, fazendo-me sinais com as mãos que se esgueiram pelas estreitas janelas. Piso o dormente de madeira, olho os trilhos solitários. Contemplo-os até que a escuridão de um túnel engole as últimas figuras e uma locomotiva solta fumaça. Começo a andar pelos trilhos. Rápido, pisando os dormentes, torcendo os tornozelos, enredando-me nos tarugos. Corri, corri, e meus pés se encheram de gritos.

Sulcando a noite

Despeço-me do gêmeo de meu pai. Bocas que manipulam a forma seca de um beijo.

Meu tio fica parado no meio da rua.

Vou lendo ao contrário.

Tenho os olhos abertos daqueles que partem.

Descrever a paisagem para contar o drama pessoal.

A sensação de estar enfiada em uma agulha que borda aquela letra que me falta. Concentro o olhar em um grão angular sobre os campos de trigo.

Quinze minutos em linha reta, junto à vala, entre urtigas e espigas movidas pelo vento.

Uma longa queda sem aterrissagem.

Levo comigo os livros condenados ao exílio.

Vou sulcando a noite desse outro continente em um automóvel veloz, com meu rosto de menina, com meu rosto de adulta, encostado à fria janela traseira.

Epílogo de viagem

De volta de viagem a este continente, o Atlântico recoloca as coisas no lugar. Sinto que, até esse momento, minha vida não passou de um prólogo e a que faltam ainda muitos capítulos a serem escritos. Reconheço as zonas danificadas. Algo de mim ficou flutuando nessas ruas, entre essa paisagem e esses rostos que não se encaixam em lugar nenhum. Sinto que nunca saí dali totalmente, que não voltei para cá de vez. Arrumo o armário, deparo com um velho paletó de papai. Revisto os bolsos, encontro um pedaço de pão velho e uma foto minha.

Percorri, de braços dados com o gêmeo de meu pai, aquela cidade da infância, recriando caminhadas cotidianas, antigos passeios. Espiamos as pessoas que habitavam aquela que foi sua primeira casa. Comprovei o morteiro incrustado que derrubou sua segunda residência, e que havíamos visto na tela da TV, eu e papai. Eu regressava, cinquenta anos após meu pai ter abandonado esse lugar, para apreciar a mesma paisagem das cidades em guerra.

Papai, me lembro de você lendo o jornal, mergulhado nas páginas abertas, procurando nas entrelinhas sua história de menino. Acho que, depois dessa viagem, eu o conheço, o compreendo melhor. Mas já não importa. Não pude despedir-me de você, que ficou com essa raiva muda para sempre. Minha mão agitou-se num adeus inconcluso. Recorto as imagens de guerra, são sempre em branco e preto, não importa a época. Poderia lhe falar da minha guerra, do homem que amei, dos que me feriram no centro do coração. Agora você entende que quando estou distante, ausente, com o olhar perdido, como que absorta em meus pensamentos, hipnotizada por meus livros, escrevendo febril em meu caderno, é porque também estou vivendo minha própria guerra.

Repasso as imagens da viagem. Detenho-me nessa foto em que aparece um homem olhando para fora dos limites do retrato. Foi na cidade das catedrais. Com os olhos, ele me diz algo, não sei seu nome. Interessante, está no canto mais nítido da foto. O resto da imagem ficou inundado de luz. Sei que o focalizei sem querer, mas ele aparece ali, olhando-me profundamente com suas pupilas negras. Acho que enfeitiçou o disparador ao encará-lo com seu rosto anguloso, com um halo de mistério. É sustentado pela profundidade de campo, pelo primeiro plano difuso.

    Lembro-me do dia em que eu estava no quarto escuro. Depositei a lâmina na cuba, submergindo-a com cuidado nos líquidos. Foram aparecendo as formas, os contrastes; num contraste, distingui um corpo estranho. O intruso foi se compondo pouco a pouco. Tornou-se realidade com o fixador, e depois pude vê-lo melhor ao passá-lo pela ampliadora. O homem estava em uma margem, escapulindo de todo olhar panorâmico. Gostaria de ter lhe perguntado a respeito da sentença ditada por seus olhos. Carrego a foto entre as páginas da agenda; não a mostrei a ninguém. À noite, eu a observo e, no dia seguinte, procuro-o no meu caminho para o trabalho, em um vagão de metrô, no aeroporto, pela janela, em meus sonhos.

Quem é você? Oferece-me um sorriso subversivo. Somos especialistas em fraturas, estamos rodeados de restos e fragmentos. Você também odeia as multidões e olha de fora as situações coletivas. Permanece como eu à margem de tudo, até mesmo da minha foto. Nas festas, é também a sombra encostada em um canto que observa as taças vazias, os móveis fora de lugar e os tapetes enrolados. É a parte de mim que ficou vagando nesse outro continente. Essa metade que preciso ir buscar.

Dá ocupado

Logo cedo, ligo para o número de telefone da casa da avenida das palmeiras. Nunca esquecemos o número da infância. Dá ocupado. Desligo. Insisto. Atende a voz de uma menininha, e temo ser eu falando do outro lado da linha.

Abro a agenda. Lá está a foto do estranho. Espero que a forma se ajuste e que tenha uma identidade que possa ser reconhecida nesse homem. Porque, depois de tudo, é a carta aberta que eu deixo, o nexo que invento para voltar a esse lugar. Uma foto que carrego enquanto evito o sol da tarde. Detenho-me nessa imagem. É interessante, está no canto mais nítido, mas ele aparece fora de foco. O resto ficou inundado de luz. Sei que o focalizei sem querer, mas ali está. Um homem retratado ao acaso me olha nos olhos. O que vê? Substituo o retrato de Franz pela foto dele em minha mesa de cabeceira, falo com ele antes de cair no sono, apago a luz. Somos a lembrança de alguém que esquecemos?

Caminho, relembro. Sou Tamara. Fiz uma leve mudança no meu quarto. Sou Tamara. Estou indo para o trabalho. Caminho na direção oposta, preciso romper o ditame do silêncio.

Carta atrasada

Meu tio escreve comunicando que agoniza.

Que uma cereja amadureceu azulada sob sua axila.

Que me deixa as únicas coisas importantes que possui: seu relógio de bolso e sua coleção de cães de porcelana.

A precariedade das conturbações dos incidentes diários.

Viver entre bombas, homens distribuídos por fronts e esconderijos.

A nova pobreza do pós-guerra, casa e pertences perdidos, nas ruas. Entre os móveis procedentes da mudança de um homem, compreendeu, em uma tarde abafada, em um quarto apertado com o sol tangencial, que nada voltaria a ser como era.

Temia que cada pergunta contivesse uma resposta que não saberia identificar.

Fico girando um copo sobre a dobra da carta de resposta.

As palavras se espalham, as letras se deformam, uma mancha de tinta se esparrama pela folha em sinais salpicados, em ideias espatifadas contra uma parede.

A última carta chega depois de sua morte.

Atrás das bambolinas

Estou no camarim; o medo me invade. Não quero olhar para o público, ver o rosto dos presentes. Atrás das bambolinas, movimento os fios que transportam essa história que me toma debaixo do chuveiro, no trajeto de casa ao trabalho, ida e volta, cada vez que divago ou leio o jornal e atravesso a folha.

Já dei uma espiada pelas cortinas. Não é como a vida dos dias, alheia aos cenários, e sim como a vida improvisada dos momentos que se revelam, através da abertura de um diafragma, uma fotografia, uma grade, uma janela ou uma porta. Escolher uma imagem matriz para desenhar um caminho e golpear com essa imagem. Acariciar um objeto criado para ser incluído numa natureza-morta. Exercitar um olhar transversal ao já conhecido. Praticamos uma exploração do terreno como se se tratasse de uma geografia. Na memória, as coisas acontecem pela segunda, terceira vez. As páginas voltam a ser escritas repetidamente. Movimentos centrífugos para dissolver as formas pretéritas uma vez encontradas. Os mapas pessoais estão traçados com esmero e coloridos meticulosamente. As paisagens externas definiram proporções, distâncias, cores e luzes.

Quem serei depois que cair o pano e a palavra FIM for escrita. O que será de nós? Ainda estamos vivos. Depois disso, o que nos resta? Alguém se move com cara de estrategista. Há um texto escrito em muitos idiomas. O canto em que devo me posicionar é muito estreito. Acomodo-me entre os outros integrantes do elenco. Todos teremos de apresentar nossa narrativa, nossa cartografia pessoal. Recapitulo o perfil da minha personagem, cada uma de suas características, seu lema. Um, dois, três. Respiro fundo e entro em cena. Alguém proclama que aqui termina algo, que aqui começa algo. A história não se desdobra apenas no tempo, mas também no espaço.

A encenação

Abrem-se as pesadas cortinas do teatro. É o dia da representação. O vasto cenário se ilumina. O elenco nos reserva surpresas. Vamos atuar pela primeira vez na presença do outro. Decoramos um texto e o gesto que nos caracteriza. Nossos labirintos confluíram para a mesma saída.

Por um lado do palco, entram alguns personagens; vão andando até o proscênio. Entre densos véus de veludo, aparece mamãe. Arrasta os pés, vem com os pulsos enfaixados e para no meio do palco. Está muito maquiada. Tem o canto dos olhos delineado. Seu rosto se mostra sem rugas, suas feições muito bem desenhadas. Mamãe recuperou a beleza. Move seus cílios longos e ondulados, mas as maçãs do rosto estão levemente caídas. Retoca a boca com lápis labial. Mamãe tingiu o cabelo de loiro, fica bem assim. Veste a blusa que lhe dei de presente. Não grita, não grita, não grita. Conta que faz tempo que não fica doente. Ela me olha de outro modo, me olha. Tira da bolsa uma escova. Começa a escovar meu cabelo. Suas mãos percorrem suavemente minhas melenas. Ela me acaricia com uma eletricidade em marcha lenta. Vai procurando, entre as mechas, o meu perdão. Sussurra uma melodia com sua garganta. Seu rosto muda de expressão, parece muito cansada.

Meus irmãos entram de mãos dadas, esbeltos, belos, com seus olhares desanuviados. Cada um fica numa ponta, e uma luz azul banha seus rostos. Papai aparece do outro lado. Manca, anda com dificuldade, sorri levemente com sua dentadura imprevisível. Está com a barra da calça desfeita e uma boina de lado na cabeça calva. Debaixo do braço, pressiona um jornal volumoso. Atrás dele, aparece seu irmão gêmeo, duas vezes papai. Segura um mapa desdobrado nas mãos. No bolso, guarda um cãozinho de porcelana.

Papai monta em meus ombros. Caminho com ele em cima. Seu corpo pesa. Minha clavícula estala, e papai continua em meus ombros. Minhas costas, meu pescoço, ficam tensos. Giro, e papai gira comigo em meus ombros. Avanço pelo palco. Dou voltas de um lado a outro. Giro em câmera lenta. Papai, montado em cima de mim, não quer mais sair de meus ombros. Avanço até o centro do cenário com papai em meus ombros.

Dos bastidores, saem os dois homens importantes da minha vida. Estão parados, paralelos, em ordem cronológica. É a vez de Franz. Entra vestido de noivo, mas descalço. Seus pés ossudos deslizam pela madeira em rangidos longos e tênues. Seu rosto é uma superfície limpa sobre a qual se pode escrever outra história. Traz uma maleta vazia e, na outra mão, uma página com traços incompreensíveis. O outro homem ainda não conheço. É o cara da foto, impreciso em suas feições, certeiro em seu olhar. Fica o tempo todo num canto do cenário.

Abraço o estranho da foto que continua no palco. Saiu do canto da foto, avança para o centro e me oferece um sorriso torto. Paro ao lado dele, olha-me descobrindo minhas curvas suaves, um pedaço de vestido, um sapato, um lado da mala. Escrevo sobre um trem que parte e chega ao mesmo lugar. Penso que, um dia, voltarei a esse país, a esse outro continente. A misteriosa imagem desse homem é o elo aberto que me obriga a fechar a corrente. Voltarei a esse lugar para fechar minha história. E você me espera ali.

Sou Davor. Exijo que mudem meu papel, estou muito em segundo plano na trama. Por favor. Estou nervoso demais para conseguir declamar minha fala. Para terminar apropriadamente essa frase. Falo rápido e hesito. Projetei este teatro. Ninguém me ouve; é que eu falo muito baixo. Não sei por que gesticulo com as mãos. Acho que serei famoso. Sou.

Sou Tamara. Eu sou. Quero ser invisível. Quero existir debaixo de uma mesa. Quero pôr o armário em ordem. Meu tempo é vertical. Na memória, as coisas ocorrem pela segunda, terceira vez. Temo amanhecer diluída em uma mancha. Minha tristeza vem me encontrar quando deito na cama. Quem quer escovar meu cabelo? Quem quer cuidar do meu relógio e do meu cão de porcelana? Sou.

Sou papai. Leio em um idioma estrangeiro. Protejo-me em um alfabeto sem memória. Sempre tenho sede. Em minhas têmporas, lateja um bonde. Fiquei na direção oposta. Piso o sangue de meu pai e me elevo. Fui.

Sou Franz. Não sou confiável, revisto suas coisas quando você não está. Tenho um buraco no peito. Procuro a espinha dorsal de uma cidade. O horizonte mecânico da morte. Meu desejo é uma borda áspera. Onde deixei meus sapatos? Vou descalço. Fui.

Sou o tio. Ouvi a porta da cozinha. Ouvi o sussurro da torneira. Ouvi o zumbido da geladeira. Ouvi o tilintar dos talheres. Os senhores estavam comendo. Não me convidaram à mesa. Roubei dos mortos. Se os cães latissem nas fotografias. Fui.

Sou Adela. Filha de outro homem, de alguém que não tem um papel nesta peça. Estou há muito tempo diante de suas fotos, minhas pernas adormecem. É estranho estar parada nesta fileira, no meio dos senhores. Mas sou.

Sou mamãe. Apesar dos gritos. Apesar do meu esquecimento. Apesar das enfermidades. Amo meu trio de sombras melancólicas. Fico recostada sobre os dormentes do trem. Apesar de, sou bela. E sou.

Não sei por que gesticulo com as mãos. Ouvi o zumbido da geladeira. Estou muito nervoso para declamar minha fala. Acho que serei famoso. Apesar de. Quero pôr ordem no armário. Meu tempo é vertical. Minha desolação vem me encontrar quando deito na cama. Ouvi a porta da cozinha. Apesar do meu esquecimento. Se os cães latissem nas fotografias. Sou. Em minhas têmporas, lateja um bonde. Fiquei na direção oposta. Ouvi o tilintar dos talheres. Na memória, as coisas ocorrem pela segunda, terceira vez. Piso o sangue de meu pai e me elevo. Ouvi o zumbido da geladeira. Apesar dos gritos. Fiquei na direção oposta.

Nossos monólogos cruzados elevam-se até a abóbada da sala. Os personagens escrevem uns aos outros. Damos vida a uma pose que nos identifica. O diretor da peça interrompe a cena. É um instante morto para nossos personagens. Fica nos contemplando e corrige nossas posturas. A interrupção se dilui e damos vida ao gesto pendente, agora reformulado. O quadro se fragmenta, sabemos que a representação já não é a mesma.

Cai o pano. O teatro está lotado. Os espectadores aplaudem, batem palmas com força. Os que estamos no palco não sabemos o que fazer. Ficamos nos remexendo, inquietos. Daqui, vemos apenas cabeças anônimas, pontos negros. Então nos entreolhamos, fazemos uma reverência e entrelaçamos as mãos aferrando-nos, por um instante, à mesma corda de vida.

tipologia Abril
Papel Pólen Soft 70g/m³
Impresso pela gráfica Loyola para a Mundaréu
São Paulo, novembro de 2021